AF397473

# NÉNETTE ET RINTINTIN

## ROMAN INÉDIT
### Par HENRY DE CHAZEL

### PREMIÈRE PARTIE

## DISPARUE!

## I

### NÉNETTE

Une voiture s'arrêta devant la porte de l'*Institution de Demoiselles* (M^me Moravec, directrice) de la rue du Pas-de-la-Mule, au numéro 17 *bis*.

De cette voiture, — vulgaire fiacre de louage, — un homme descendit.

Il était environ six heures du soir, — dix-huit heures pour employer la notation nouvelle, — mais il faisait encore grand jour, car on était à la mi-avril, veille du dimanche de Pâques.

Dans l'atmosphère ambiante, — même dans celle, si restreinte, de cette rue étroite — il s'épandait partout comme une douceur de printemps.

De tous côtés éclatait la joie de vivre, de respirer les premières griseries de la saison.

Des midinettes, gracieuses et jolies, passaient, avec des fleurs au corsage.

Les hommes semblaient plus conquérants, plus fauds ; les femmes plus vives et plus sveltes.

Cette soirée était un charme... Il s'en dégageait une pénétrante et tendre émotion.

Mais l'homme qui venait de descendre du fiacre paraissait se soucier fort peu de tout cela.

Rien n'avait le don de l'intéresser autour de lui.

Il s'avança sans se presser vers la porte monumentale de l'institution et tira la sonnette.

Cela fait, il attendit, soudain préoccupé et grave, comme dans l'expectative d'un événement important.

Bientôt la porte s'ouvrit.

Une domestique parut.

— M^me Moravec, s'il vous plaît ?... demanda l'homme en saluant.

— De la part de qui, monsieur ?

— Voici ma carte.

Il remit un bristol avec ce nom :

AURÉLIEN RICHARDIER.

— Je vais voir si madame est là.

— Mon nom ne lui apprendra rien. Votre directrice ne me connaît pas. Dites-lui seulement que je suis chargé d'une commission relative à une de ses élèves.

— Bien, monsieur... Veuillez me suivre au parloir, où vous attendrez madame.

L'homme entra.

Il s'assit dans un coin et resta seul dans la vaste pièce nue, assombrie par de grands rideaux.

A ce moment, il semblait assez agité.

Nerveusement, ses doigts tapotaient sur ses genoux.

Évidemment, cet homme n'était pas tranquille.

De l'inquiétude transparaissait dans son regard.

Mais il ne s'y abandonna pas.

Des pas résonnaient dans le vestibule.

On venait...

L'homme tressaillit, prêta l'oreille, et reprit une attitude normale.

Une femme entra, grande, bien mise, l'air distingué et bienveillant.

— Madame la directrice ? s'enquit le visiteur en se levant, empressé.

— Elle-même... Vous m'avez fait demander, monsieur ?

— Oui, madame.

— De quoi s'agit-il ?

— D'une de vos élèves, Jeannette Laversine.

— Une adorable enfant, spécifia avec complaisance Mᵐᵉ Moravec.

— En effet.

— Que lui voulez-vous ?

— Je viens la chercher.

— De la part de qui ?

— De ses parents.

— C'est extraordinaire !... Le père de Jeannette, M. Laversine, était ce matin ici et il ne m'a parlé de rien.

Aurélien Richardier hésita une brève seconde, et il répondit aussitôt :

— Justement, c'est à propos de M. Laversine...

— Eh bien ?

— Il vient d'être victime d'un accident.

— Quel accident, mon Dieu ? s'écria Mᵐᵉ Moravec, la voix tremblante.

— Renversé par un tramway.

— C'est grave ?

— Assez pour que Mᵐᵉ Laversine m'ait prié, en qualité de témoin de l'accident, d'aller en toute hâte chercher sa fille pour l'amener près de son père mourant.

— Ciel ! gémit encore la directrice.

— Voilà pourquoi, madame, dans l'affolement provoqué par cet accident, Mme Laversine n'a pas songé à me donner pour vous une lettre que moi, de même, je n'ai pas songé à lui demander.

— Je comprends... murmura Mme Moravec, toute émue... Pauvre Nénette !

— Nénette ?

— C'est ainsi que nous l'appelons ici ; un petit nom d'amitié trouvé par ses compagnes, un diminutif de Jeannette... Comment la prévenir, cette pauvre enfant ?

— Ne vous en préoccupez pas.

— Cependant...

— Je m'en chargerai, madame... En route, je la préparerai à la nouvelle.

— Si vous voulez...

— Cela vaudra mieux ainsi.

Déjà, Mme Moravec se levait, pour aller chercher elle-même sa pensionnaire.

Soudain, elle se ravisa.

— Pourtant, monsieur, dit-elle, je ne puis ainsi laisser une de mes élèves partir avec le premier venu ; cela dit sans vouloir vous désobliger en aucune façon... Nénette m'a été confiée par sa famille... et...

— Qu'à cela ne tienne, madame, repartit Aurélien Richardier... Faites-nous accompagner par une personne de votre maison... Je comprends votre scrupule... Il faut mettre votre conscience à l'abri.

— N'est-ce pas ?...

— Sans doute.

— Veuillez m'attendre, monsieur. Je vais revenir avec Nénette. Quelques minutes, je vous prie.

La directrice sortit, soucieuse, toute agitée de ce qu'elle venait d'apprendre.

Resté seul, Aurélien Richardier changea de mine, instantanément.

Fini, l'air préoccupé et condoléant !

Un mince sourire fendit sa bouche.

Il fredonna une ritournelle de café-concert et murmura dans sa barbe.

— Tout va bien !...

En même temps, il redressait sa taille, haute et athlétique, comme dans une attitude de défi ; et son visage, coloré et bestial, prenait une expression sarcastique, ricanante, parfaitement odieuse.

Il sortit une pipe de sa poche et commença à la bourrer méthodiquement.

Puis, s'apercevant qu'il faisait une gaffe, il se hâta de réintégrer dans sa poche son attirail de fumeur.

Aurélien Richardier témoignait encore de quelque respect des convenances.

Il se mit alors à tourner dans le parloir comme un fauve dans sa cage, examinant les tableaux et objets divers qui en meublaient la sévérité.

Sur un guéridon, un joli presse-papier en cuivre, attira son attention.

C'était un oiseau ouvrant ses ailes, largement, pour prendre son essor d'un socle de marbre.

L'homme saisit l'objet, l'examina avec attention, le soupesa, puis, brusquement, après un regard circulaire jeté autour de lui, il le fit disparaître dans sa poche.

Le geste fut rapide comme l'éclair.

Il était temps !

Presque à la même seconde, la porte se rouvrait et Mᵐᵉ Moravec reparaissait, suivie de Jeannette Laversine, toute blonde et toute rose.

Quinze à seize ans, mais en paraissant au moins dix huit avec sa taille riche et son regard profond.

Nénette était très jolie...

Mais elle semblait l'ignorer.

Elle portait une robe très simple, bien faite, qu

lui allait à ravir avec ses garnitures bleues sur fond blanc.

Le bleu va bien aux blondes.

Et Nénette, nous venons de le voir, était blonde, idéalement.

Elle salua Richardier.

Celui-ci s'inclina, autant pour répondre à la politesse de la jeune fille que pour éviter son regard, peut-être.

— Voici, dit la directrice, monsieur qui vient vous chercher, envoyé par vos parents.

— Je ne connais pas monsieur, déclara Nénette en fixant ses yeux sur Aurélien.

— Je suis un client de M. Laversine, répondit effrontément ce dernier. Une circonstance imprévue exige votre présence chez vous, mademoiselle...

— Une circonstance imprévue !... répéta Jeannette.

— Oui...

— De quoi s'agit-il, monsieur ? insista la jeune fille avec une nuance d'inquiétude dans la voix... Une maladie... un accident ?... Vous ne voulez pas me répondre ?... Oh ! partons vite !...

Des pressentiments de malheur la gagnaient, étouffant en elle toute défiance.

Quelle tristesse allait-elle apprendre ?

Le visage compassé, soudain grave, du « client » de son père se mettait pour ainsi dire en harmonie avec les craintes irraisonnées de la jeune fille.

Elle répéta, impatiente :

— Partons !

Une jeune domestique apparut.

— Voici Martine qui vous accompagnera jusque chez vous, dit M<sup>me</sup> Moravec.

— Oui. Et elle vous rapportera des nouvelles.

Jeannette Laversine embrassa affectueusement la directrice et sortit du parloir, suivie de Martine et d'Aurélien Richardier dont la mine de circonstance s'était assombrie encore jusqu'à devenir funèbre.

Evidemment, à affoler ainsi tout le monde, il ôtait à chacun ses facultés de réflexion.

Mais, à vrai dire, la jeune fille ne faisait guère attention à lui.

Prise entièrement par ses craintes subites, elle ne pensait maintenant qu'à presser le pas et répétait, toute bouleversée, l'âme pleine d'appréhensions terribles :

— Que faut-il qu'il y ait, mon Dieu ! pour qu'on me fasse chercher ainsi ?

— Je vous le dirai en route, mademoiselle, dit Aurélien, obséquieux. Venez, et ne vous inquiétez pas.

Martine ouvrit la porte extérieure.

Tous trois se trouvèrent dans la rue.


## II

### LE TAXI MYSTÉRIEUX

Le jour avait baissé.

La petite rue du Pas-de-la-Mule se pénétrait d'ombre, et aussi de silence.

Aucun passant.

Aurélien Richardier avait renvoyé sa voiture en entrant au pensionnat.

Du regard, il en chercha une autre.

Mais il n'en passait pas une dans la rue déserte.

— Allez voir, dit-il à Martine, s'il n'en arrive pas et amenez-la aussitôt.

— Oh ! oui, supplia Nénette... J'ai hâte d'être à la maison !

Et, tandis que Martine s'éloignait :

— Qu'y a-t-il, monsieur ?... Qu'y a-t-il ?... A présent, vous allez me le dire.

— C'est un accident, mademoiselle.

— Un accident !

— Oui...

— Survenu à qui ?

— A votre père.

— Dieu ! que lui est-il arrivé ?

— Il a été tamponné et renversé par un tramway.

— Oh !... Est-ce grave ?

— Oui et non... La commotion a été violente, mais les blessures sont légères.

— Où cet accident s'est-il produit ?

— Rue Réaumur. C'est en traversant cette rue pour rentrer chez vous, place de la Bourse, que M. Laversine a été atteint par le tramway de l'Opéra. Il fut projeté sur la chaussée. J'étais témoin de l'accident. J'ai aidé un sergent de ville à relever la victime, qui était sans connaissance, et à la transporter à son domicile.

— Merci, monsieur... balbutia la jeune fille, bouleversée et des larmes aux yeux.

— C'est alors, continua Aurélien, que votre mère m'a prié de vous prévenir.

— Mon Dieu ! que de retard !... Je voudrais être là-bas... et pas de voiture !

— En voici une ! fit Aurélien.

En effet, un taxi automobile approchait.

Martine n'y était pas.

Nénette en fit la remarque.

Mais se ravisant aussitôt :

— Qu'importe ! fit-elle... Elle nous retrouvera... Le principal est d'arriver vite. Partons.

Cette décision fut agréée d'emblée par Aurélien Richardier.

Il n'y fit aucune objection, comme si elle servait ses plans secrets.

Au contraire, il fit avec empressement monter Jeannette Laversine, tandis que lui-même donnait au chauffeur cette adresse à voix haute :

— 12, place de la Bourse.

Mais Nénette, toute à sa préoccupation douloureuse, n'avait pas remarqué une chose.

sans avoir le temps d'ajouter à Lorette qui
ces deux mots il vit nettement passer qu'il
n'était pas d'ailleurs des enfants.
changé de... bien juste, un
terrible cas.
Les deux hommes étaient... voitures
était-ce le hasard seul qui avait fait en sorte
qu'il sortît de la Marle à cette heure précise pour
permettre la disparition de Richardet?
Et par un... encore... conduisent
N'avait-il pas été convenu qu'on arrête d'avance
et Richardet et le chauffeur?
Nous ne trancherons pas cela, les
prochaines, les événements se chargeront plus
tôt ou tard.
Le commença se répandre en attaquant
si... possible.

Tout d'abord, elle prit nettement la direction
de... droite.
Dans un arrondissement, elle
... à la droite, rejoint la Seine qu'elle...
et le long du côté du quartier de Montrouge.
... maintenant était venue.
... verbes tristes et inquiètes. Nicole
... de cet itinéraire...
... le remarqua.
À ce moment, l'automobile franchissait le
pont Henri IV.
La jeune fille tressaillit.
... elle regarda à droite et à gauche par les
... de la voiture.
... l'examinait avec attention.
... ses yeux clairs.
Où me conduisez-vous? demanda-t-elle.
Ne voyez-vous pas?
Je vois que nous nous éloignons de la place
Pour... au lieu de nous en rapprocher.

— Erreur !

— Comment, erreur ?

— Sans doute !

— On ne passe pas la Seine pour aller de la rue du Pas-de-la-Mule à la place de la Bourse.

Aurélien parut embarrassé.

Il ne répondit pas.

La jeune fille insista :

— Encore une fois, monsieur, où me menez-vous ?

— Chez vous, mademoiselle.

— Vous mentez !

— Ha ! ha ! ricana-t-il.

Ce rire jeta une angoisse subite dans l'âme de Jeannette Laversine.

Mais elle se raidit contre sa peur.

— Monsieur, ordonna-t-elle, faites arrêter.

— Pourquoi ?

— Je veux descendre.

— Allons donc ! Vous allez arriver trop tard...

— Trop tard ?... Alors, mon père... mon pauvre père... Serait-il dans un hôpital de la rive gauche ?

— Calmez-vous, je vous prie.

— Je ne puis me calmer, tant que je ne saurai pas... Il se passe quelque chose que je ne comprends point... quelque chose d'étrange... Et Martine que vous avez réussi à séparer de moi... Me voici seule ici, seule avec vous dans cette voiture qui m'emporte je ne sais où... Ecoutez, monsieur... laissez-moi descendre !

Il fit non de la tête.

— Pourquoi ?

Le même signe négatif répété par Richardier exaspéra Jeannette.

Elle se retourna et frappa à la vitre, derrière le siège du chauffeur.

Celui-ci ne prêta nulle attention à cet appel.

Au contraire, il accéléra l'allure.

Positivement effrayée, la jeune fille saisit la poignée

de la portière pour l'ouvrir, appeler quelqu'un au passage et au besoin s'élancer dehors malgré la rapidité de la course, si personne ne l'entendait.

Mais Aurélien avait prévu son geste.

D'une main de fer, il saisit et arrêta le frêle poignet de Nénette.

— Assez ! jeta-t-il, d'une voix aussi rude que son étreinte était brutale.

— Monsieur, se révolta la jeune fille... monsieur, je vous somme...

— Silence, maintenant !

Alors, devenant implorante :

— De grâce !... murmura la pauvre enfant... Dites-moi au moins où nous allons !

— Vous ne saurez rien !

Cette fois, il venait de démasquer son jeu.

Plus de faux-fuyants, plus de réticences, plus de subterfuges comme au début.

Carrément, il proclamait, par cette négation redoutable, attenter à la liberté de celle qu'il emmenait.

Ainsi, cette comédie jouée au pensionnat ?...

Mensonge !

Cette histoire du père blessé ?...

Stratagème !

Dans sa détresse, Nénette eut du moins cette consolation de pouvoir se rassurer à ce sujet. Car, maintenant, elle ne doutait plus de la fausseté du prétexte invoqué par Aurélien pour capter la confiance de Mᵐᵉ Moravec.

Mais, tranquillisée de ce côté, elle éprouvait pour elle-même une terrible inquiétude.

Affolée dans cette voiture qui l'emmenait à toute vitesse vers un but ignoré, Jeannette voulut recommencer son coup de désespoir de tout à l'heure.

De nouveau, de sa main restée libre, elle essaya d'ouvrir la portière.

Vaine tentative !

Aussi violemment repoussée que la première fois, elle éprouva soudain une sensation étrange.

L'homme venait de lui appliquer sur le visage une sorte de tampon mou, et humide comme une compresse d'ouate ou de toile.

Une alourdissante et forte odeur s'en dégageait, pénétrant le cerveau de la jeune fille d'une sorte de fluide bizarre... insensibilisateur.

L'effet fut rapide, foudroyant presque.

Jeannette retomba sans force, les bras ballants et les paupières closes.

Le chloroforme traîtreusement employé par Aurélien l'assommait de son invincible sommeil.

Richardier laissa aller la jeune fille sur la banquette, ouvrit le vasistas et lança au dehors le tampon anesthésique.

— Là ! murmura-t-il, satisfait... Tout va bien... A présent, on sera sage.

Et, d'un geste nonchalant, il essuya de son mouchoir quelques gouttes de sueur qui perlaient à son front.

III

CHEZ AURÉLIEN

Le taxi continuait à rouler en ferraillant, en grinçant à chaque embrayage.

Bientôt, il s'engagea dans la rue d'Alésia, puis dans la rue du Lunain.

Située dans le fin fond du quatorzième arrondissement cette voie se compose d'immeubles d'honnête apparence, dont quelques-uns récemment construits.

Ce fut devant un de ceux-là que l'auto stoppa.

Il portait le numéro 34 bis.

Bien sûr, le chauffeur, en s'arrêtant là, exécutait une consigne reçue d'avance.

Il connaissait l'immeuble, il ne s'était point attardé à consulter les numéros.

Descendant de son siège, il vint rapidement ouvrir la portière du taxi.

Ce chauffeur boitait assez fort, les quelques pas qu'il fit accusèrent cette infirmité.

La voix d'Aurélien questionna, de l'intérieur :

— Eh bien, le Bancal ?

— On y est.

— Personne dans la rue ?

— Pas un chat !

— Viens m'aider.

— On y va... Voilà !

Il se pencha dans l'intérieur de la voiture et aida Aurélien à en sortir Nénette endormie.

— Je vois que tu as employé les grands moyens ! dit-il, bas, à son complice.

— Fallait bien !

— A cause ?

— La bougresse voulait sauter par la portière.

— Mauvais tabac ! énonça sentencieusement le Bancal.

— Laisse donc ; ça me connaît. Et aide-moi un peu plus solidement, cela vaudra mieux.

Ainsi rabroué, le Bancal n'insista plus.

La rue était bien déserte, ainsi qu'il l'avait annoncé à Aurélien Richardier.

Les gens dînaient à cette heure.

Personne ne songeait à se promener, ni à regarder par la fenêtre ce qui se passait au dehors.

C'était le bon moment.

Les deux hommes transportèrent la jeune fille jusqu'à la porte de l'immeuble.

— Va occuper la pipelette, ordonna Richardier.

L'autre obéit et pénétra dans la loge où, dans l'arrière-fond, les concierges étaient en train de prendre leur repas.

Richardier eut donc toute latitude d'agir sans ris-
quer d'être aperçu.

Tandis que le Bancal causait avec les préposés au
cordon, il passa rapidement, portant dans ses bras Nénette, toujours inerte et sans connaissance.

La charge pesait peu aux muscles robustes d'Aurélien.

Avec sa carrure athlétique, il aurait pu, bien sûr,
en porter le double.

Vite, — aussi vite toutefois que le lui permettait son
embarrassant fardeau, — il escalada l'escalier, assez
roide, sans y rencontrer âme qui vive...

Parvenu au troisième étage, il s'arrêta.

Au même moment, le Bancal le rejoignait tant soit
peu essoufflé, sur le palier.

— Ouvre ! lui ordonna Aurélien, tout en lui passant
la clef du logement.

Le chauffeur à la jambe courte s'empressa d'obtem-
pérer à l'invite.

Il ouvrit la porte.

Tous deux entrèrent.

— Allume ! commanda encore Aurélien.

L'autre, en habitué des lieux, tourna le bouton électrique posé près de la boiserie.

La lumière donna.

L'intérieur apparut.

C'était la salle à manger d'un logement bourgeois,
modeste, mais propre.

Le mobilier qui venait d'émerger de l'ombre était
d'un style Henri II de pacotille.

Meubles achetés sur catalogue et par abonnement,
payable à tant par mois.

Aurélien traversa la salle à manger et pénétra dans
la pièce contiguë : chambre à coucher de même goût
et de même provenance, meublée en pitchpin.

Sur le lit, drapé d'une courtine bleue à ramage, il
déposa son fardeau humain.

— Là ! fit-il, en respirant, soulagé de ce poids qui, à la longue, fatiguait sa vigueur.

Et il ajouta, en montrant Nénette :

— Ça paraît léger comme une plume... et c'est lourd quand même !...

Il la considéra complaisamment, mollement étendue, comme reposant de son sommeil régulier sur le lit gaîné de son azur au rabais.

— Pas mal, hein ? fit-il, cette petite-là... Qu'en dis-tu le Bancal ?

L'autre haussa les épaules.

— As-tu encore besoin de moi ?... interrogea-t-il pour toute réponse.

— Monsieur est pressé ?

— Faut que j'aille au garage.

— Pourquoi ?

— Je n'ai plus d'essence.

— Ça, c'est une raison, mon fiston.

— Et une première !

— Tu as donc fait beaucoup de courses aujourd'huui trimballé des tas de clients ?

— Comme d'habitude.

— Alors ?

— C'est en t'attendant que j'ai consommé le plus.

— Vrai ?

— Sûr. Stationnement interdit. Il m'a fallu passer et repasser vingt fois rue du Pas-de-la-Mule pour être certain de ne pas te rater, comme tu me l'avais recommandé... Car tu avais l'air de tenir rudement à m'avoir.

— Ah ! oui, j'y tenais !... Pour ces affaires-là, il ne faut pas se confier au premier venu.

— Enfin, tu es content ?

— Très content.

— Alors, Aurélien, paie-moi.

— Combien ?

— Le compteur marquait huit francs.

— En voilà dix.

Le Bancal empocha, avec une satisfaction visible, les deux « thunes » que lui remettait Richardier.

Et il se dirigea vers la porte.

— Attends ! dit impérativement Aurélien.

— C'est que... je suis pressé.

— Toujours le même, ce sacré Bancal... Il ne peut pas tenir en place.

— Eh ! je n'ai pas que toi comme client.

— Heureusement... Un seul mot encore... Ce ne sera pas bien long.

— J'écoute.

— J'aurai besoin de toi.

— Quand ?

— Demain.

— Quelle heure ?

— La même qu'aujourd'hui.

— Où ça ?

— Ici même.

— Avec la voiture ?

— Bien entendu !

— De quoi s'agit-il ?...

— Il s'agit... Mais je te dirai ça sur le moment... D'ici-là, je peux changer d'avis.

— A demain donc.

— Je compte sur toi, n'est-ce pas ?

— Comme si ce n'était pas mon habitude d'être exact !

— Ça oui, je le reconnais... Allons, au revoir.

Le Bancal sortit.

Pendant quelques secondes, Aurélien entendit dans l'escalier son pas irrégulier et traînant.

Il s'était assis, songeur, avec un mince sourire aux lèvres... un sourire d'homme content de ce qu'il a fait, ou de ce qu'il va faire.

Longtemps, il réfléchit ainsi.

Sur sa physionomie brutale et mobile passaient une foule d'expressions.

Aurélien devait vivre, en ces minutes, une action intérieure... imaginer l'avenir.

A plusieurs reprises, il murmure :

— Oui... avec un pareil sujet, ma fortune est faite !

Et il regardait Nénette toujours immobile dans la position où il l'avait placée.

Elle était gracieuse à ravir.

Son joli et frais visage n'exprimait ni trouble ni crainte.

Elle respirait très régulièrement, sous l'emprise du sommeil artificiel.

Longtemps, Aurélien la considéra ainsi.

A la fin, elle donna des signes d'agitation.

Ces signes, légers d'abord s'accentuèrent vite.

Ils annonçaient un prochain réveil.

Aurélien tressaillit.

— Pas encore ! murmura-t-il... Ne soyons pas aussi pressée, ma belle !

Il se leva, s'approcha du lit, se pencha sur le visage de la jeune fille pour y suivre de tout près les impressions qui s'y manifestaient.

Encore quelques secondes, elle ouvrirait les yeux.

Aurélien ne s'y trompait pas...

Nénette ramena sur son front ses mains allongées à côté de son corps ; elle étira ses bras ; quelques soubresauts tressaillirent sous son corsage.

Elle allait s'éveiller.

Alors, Richardier étendit au-dessus d'elle ses deux mains dans un geste d'autorité violente, de prise de possession souveraine et forte.

— Dormez, je le veux !... scanda-t-il à voix haute. Dormez, dormez encore !

En même temps, il effectuait quelques passes magnétiques prolongées.

L'effet fut immédiat.

Comme sous l'empire d'un enchantement, d'un prodige, Nénette, qui allait se réveiller, se lever sans doute, retomba immobile.

— Cette fois, elle en a pour plusieurs heures ! murmura Aurélien, satisfait. J'ai devant moi tout le temps qu'il me faut... Allons dîner, et ensuite, chez Rodolphe !

Il prit son pardessus et sortit, après avoir soigneusement fermé la porte à clef.


## IV

### LA DISPARITION

Durant ce temps, Martine était allée, consciencieusement, quérir le fiacre que lui avait demandé Aurélien, en sortant de l'institution de M^me Moravec.

La recherche avait été longue.

Si longue qu'en revenant enfin, dix minutes après, avec le sapin désiré, la brave Martine n'avait plus trouvé personne devant la porte de la maison.

— Bon ! pensa-t-elle, ils sont rentrés pour m'attendre.

Supposition vraisemblable, mais radicalement fausse, ainsi qu'elle en eut la preuve sans tarder.

— Tiens ! vous voilà déjà de retour ? s'étonna la directrice qu'elle rencontra aussitôt.

— La voiture est en bas.

— Quelle voiture ?

— Celle du monsieur, pardi !

— Du monsieur qui est venu chercher M^lle Jeannette Laversine ?

— Dame ! oui... Ils ne sont donc pas ici ?

— Puisqu'ils viennent de partir !... Vous n'avez donc pas compris ce que vous aviez à faire ?

— Mais si... mais si... balbutia Martine qui sentait confusément que les affaires se gâtaient.

— Alors ?

— Le monsieur m'a dit de chercher une voiture. J'ai

cherché la voiture ; et maintenant je viens chercher le monsieur avec la demoiselle.

— Triple cruche ! s'exclama la directrice.

Elle venait d'avoir, instantanément, l'intuition de ce qui avait pu se passer.

— Madame...

— On s'est moqué de vous ! on vous a jouée !... On vous a éloignée comme on aurait fait d'une enfant de dix ans... Et vous n'avez rien vu !...

— Je cherchais...

— Sotte ! imbécile !... Venez avec moi !

Et, avec une vivacité surprenante chez une sexagénaire, Mᵐᵉ Moravec entraîna sa bonne au dehors, en bousculant tout devant elle.

Elle espérait encore s'être trompée... et tout en couvant une certaine inquiétude, faisait encore crédit à la bêtise de la pauvre Martine.

Cette fille stupide ne savait même pas voir, avec ses yeux d'oie à l'engrais.

Sûrement, M. Richardier était là, sur le trottoir, à attendre avec Jeannette.

Martine ne les avait pas remarqués.

Hélas ! fallacieuse espérance !

Mᵐᵉ Moravec dut se rendre à l'évidence à son tour.

Sur le trottoir, personne.

Dans la rue, rien autre que le fiacre, avec son roussin morne et sommolent dans la limonière.

La directrice questionna le cocher.

Il ne savait rien, lui ; il n'avait rien vu ; il attendait son « chargement », puisque Martine était venue le retenir... Est-ce qu'on partait ?

Cette fois, il n'y avait plus à douter.

Furieuse, Mᵐᵉ Moravec dut renvoyer le cocher avec une pièce de quarante sous ; et elle rentra très agitée, sermonnant et morigénant Martine qui, maintenant, pleurnichait.

Si la directrice était colère, elle ne se sentait pas moins inquiète.

Très inquiète même !...

En elle, cette pensée se faisait jour :

Un enlèvement !

Oui, c'était cela... ou du moins, cela en revêtait bien toutes les apparences.

Un enlèvement !...

Quelle affaire pour la maison !...

Et quelle réclame à l'envers pour une institution jus qu'ici renommée par son ordre et son caractère sé rieux.

Ce serait un désastre, une catastrophe !

Et aussi, que dirait la famille Laversine ?...

A cette idée, la directrice se sentait trembler d'effroi.

On allait l'accuser de légèreté, d'imprudence... de complicité peut-être...

Cette dernière perspective terrorisait littéralement la vieille dame, âme loyale et honnête.

Non, jamais on n'admettrait qu'elle eût ainsi, sans arrière-pensée, livrée Jeannette à un inconnu, même sous le coup de l'émotion et de l'urgence.

On lui reprocherait d'avoir été de connivence avec ce nommé Richardier... d'avoir touché le prix de son service... de son infamie...

Et la justice...

Ciel ! la justice !... A force de se forger des craintes et des hypothèses nouvelles, M<sup>me</sup> Moravec en arrivait à envisager les pires éventualités.

La pauvre dame s'affolait.

Prudemment, Martine s'était éclipsée dans le sous-sol, à la cuisine.

Là, tremblant comme la feuille, elle attendait les événements.

La directrice vint l'y relancer.

— Vous allez venir avec moi !... lui lança-t-elle d'une voix terrible.

— Oui, madame... répondit la pauvre fille en essuyant ses larmes... Où cela ?

— Chez M. Laversine.

— Oh ! chez les parents de...

— Parfaitement ! S'il est arrivé quelque chose, je ne veux pas être seule à assumer la responsabilité...

(En femme instruite, Mᵐᵉ Moravec savait que la responsabilité perd en profondeur ce qu'elle peut gagner en étendue. — Principe éternel !)

Elle continua :

— Vous aviez la garde de Nénette... Il faudra que vous le disiez vous-même à ses parents !

— Oui, madame, obéit, passivement résignée, la pauvre Martine.

— Allons, vite !

Elle sortit derrière sa patronne, tendant déjà le dos comme un chien qui redoute les coups.

*<br>* *

Les Laversine étaient d'honorables négociants établis place de la Bourse, de père en fils, depuis plusieurs générations.

A pratiquer la commission et l'exportation des tissus d'Elbeuf, ils avaient amassé une fortune rondelette qui constituerait un jour l'avoir de Jeannette, leur fille unique, appelée Nénette par diminutif affectueux, comme au temps où elle était bébé..

Les Laversine menaient une vie simple, mais extrêmement laborieuse.

Le père, Théodore, descendait, à sept heures du matin, invariablement, été comme hiver, à son bureau de l'entresol, situé immédiatement sous l'appartement qui occupait tout le premier étage.

La mère, Véronique, l'y rejoignait peu après et s'installait à la caisse, où elle trônait à la comptabilité.

M. et Mᵐᵉ Laversine travaillaient jusqu'à midi, au milieu d'une dizaine d'employés et de commis. Ils s'accordaient alors la trève du déjeuner ; puis ils reprenaient le collier à deux heures jusqu'à six.

On fermait alors les bureaux, Mᵐᵉ Laversine remontait chez elle, et Théodore se payait une heure de liberté pour aller faire une partie de manille, en buvant un demi, avec des collègues, au café des Arcades.

Le lendemain, cela recommençait.

Cette vie-là, réglée comme du papier à musique, durait depuis longtemps, depuis toujours.

C'est à peine si Véronique, restée jeune d'allures et aimable malgré la cinquantaine révolue, demandait parfois à aller passer une soirée au Palais-Royal, voir quelque pièce gaie dont parlaient les journaux.

Théodore consentait, — car il tenait à faire plaisir à sa bourgeoise, — mais il s'endormait immanquablement au deuxième acte pour ne se réveiller qu'à la fin de la pièce.

Il n'aimait pas le théâtre, estimant cette distraction coûteuse et inutile.

A mener ce train-là, les époux Laversine se mettaient de jolies rentes de côté.

Et comme ils ne travaillaient que pour Nénette, ils voulaient que Nénette fût une fille accomplie.

De cette tâche, ils s'étaient remis à l'institution de Mᵐᵉ Moravec, que des amis leur avaient recommandée, et comme ils n'auraient pas eu le temps de s'occuper de leur fille, ils la plaçaient en internat, avec sortie une fois par mois, le premier dimanche.

Ces jours-là, c'était un petit-cousin de Mᵐᵉ Laversine, — Célestin, dit Tintin, puis Rintintin, qui allait chercher Nénette à sa pension.

Rintintin, orphelin de parents pauvres, était employé aux écritures. C'était un grand garçon de dix-huit ans, passant pour être assez simple, mais doué d'un agréable physique et de manières affables.

Voué à son obscure besogne de scribe, il demeurait pour ainsi dire inaperçu.

Tout le monde ignorait qu'il aimait Nénette — en

secret — et personne ne remarquait que, les jours de sortie, Nénette regardait Rintintin sans indifférence.

## V

### RINTINTIN

Quand M^me Moravec, la directrice de l'institution, sonna à la porte des Laversine, il était huit heures du soir.

M. et M^me Laversine achevaient leur repas, en compagnie de Rintintin, le petit-cousin qu'on admettait parfois aux honneurs de la table familiale.

La directrice fut introduite dans la salle à manger, escortée de Martine toujours fort marrie.

Elle était désormais fixée sur la démarche de Richardier, ayant appris par la bonne que M. Laversine n'avait été victime d'aucun accident.

Théodore et Véronique, se levèrent avec empressement à l'entrée de M^me Moravec, qui était à leurs yeux un personnage très important et méritant la considération la plus distinguée.

Après avoir fait asseoir Martine dans un coin, d'un « Mettez-vous là ! » très sec, M^me Moravec commença d'un air assuré, car elle avait repris de l'aplomb en route :

— Monsieur... Madame...

Véronique l'interrompit :

— Vous prendrez bien quelque chose ?

— Merci...

— Du thé... ou de la camomille ?

— Je n'ai pas encore dîné...

— Alors, un petit verre de malaga... C'est doux et très bon pour l'estomac.

Théodore intervint, désignant Martine :

— Et la jeune fille ?

— Elle n'a besoin de rien !... répliqua M<sup>me</sup> Moravec d'un ton péremptoire.

Alors, elle put continuer :

— Madame, monsieur... qui est ce M. Aurélien Richardier que vous m'avez envoyé tout à l'heure ?

— Aurélien Richardier ?... répéta M. Laversine en se tournant vers sa femme. Tu connais ça, toi ?

— Nullement... Et toi, Théodore ?

— Pas davantage... Que voulait, soi-disant de notre part, ce M. Richardier ?

— Il s'est présenté pour chercher Nénette.

— Hein ! s'écrièrent à la fois Théodore et Véronique.

— Oui... en alléguant que M. Laversine avait été blessé gravement dans un accident de tramway.

— Mais je n'ai pas eu d'accident !... se récria le père de Nénette... C'est inouï !

— Alors... la petite ? interrogea M<sup>me</sup> Laversine.

— Elle est partie... avec ce monsieur.

— Oh !...

— ... et avec Martine, une de mes domestiques... Vous pensez bien, se rengorgea M<sup>me</sup> Moravec, que je n'allais pas confier comme ça mon élève au premier venu.

— Et ensuite ? questionna Laversine.

— Mais cette idiote de Martine a rendu ma précaution inutile, malheureusement.

— Elle aurait laissé...

— Hélas ! oui... elle s'est fait prendre Nénette !... Mais moi, je n'y suis pour rien.

— Prendre Nénette ! répétèrent ensemble M. et M<sup>me</sup> Laversine, consternés...

Théodore ajouta :

— Mais si, madame, vous y êtes pour quelque chose, et même pour beaucoup. Il ne fallait pas la laisser partir, même accompagnée d'une bonne, avec un individu que vous ne connaissiez pas.

— Et qui n'avait même pas un mot de nous !... compléta Véronique...

M<sup>me</sup> Moravec baissa la tête et se tut.

M. Laversine frappa un violent coup de poing sur la table, au risque de tout casser.

— Ce n'est pas tout ça !... fit-il... Qui donc va nous rendre Nénette.

— Moi ! fit une voix.

Celle de Rintintin qui était resté tranquillement tapi à sa place, au coin de la table, et à qui nul n'avait prêté la moindre attention pendant la scène précédente entre M<sup>me</sup> Moravec et le couple Laversine.

— Toi ? répéta Théodore.

— Lui ? fit Véronique, comme hébétée.

— Parfaitement : moi !

La voix était à la fois timide et hardie. La parole hésitait et s'affirmait tout ensemble.

On y sentait une résolution bien prise par une nature jusqu'ici sans force évidente et soudainement décidée à agir, à courir vers un but qui se révélait.

Rintintin s'était levé.

Il souriait, heureux, enthousiaste, sûr de lui.

C'est qu'il n'était pas mal du tout, ce grand garçon, un peu godiche peut-être, mais dont le déniaisement serait vite fait, lorsque s'offrirait l'occasion.

Cette occasion... allait-elle naître ?

En ce cas, Rintintin était comme à la saisir par son unique cheveu.

M. Laversine n'en revenait pas.

— Comment ! mon pauvre garçon, tu te sentirais capable de prendre une initiative ?

— Je me sens capable de tout pour retrouver ma chère cousine.

Eh ! oui, en somme, Nénette était sa cousine.

Jusqu'ici, on semblait l'avoir oublié.

Car jamais Célestin Laversine (dit Rintintin), n'avait été élevé au rang de parent.

On l'employait, on le payait, — assez mal, — et voilà tout !...

Rintintin était le parent pauvre qui, le plus souvent, mange à la cuisine.

Encore une fois, M. Laversine n'en revenait pas.

Tout à coup, un cri aigu s'éleva.

C'était Véronique qui piquait une crise de nerfs.

Elle gémit à plusieurs reprises :

— Ma fille !... ma fille !...

Et elle s'évanouit.

— Voilà ce que je craignais ! pensa M^me Moravec.

Elle s'empressa, gauchement aidée par Martine, de prodiguer des soins à M^me Laversine, qui roulait des yeux blancs et grinçait effroyablement des mâchoires.

La crise s'apaisa.

Véronique reprit connaissance.

Elle était plus calme.

Alors, regardant M^me Moravec bien en face, elle lui déclara froidement :

— Vous êtes responsable de tout... Si on ne retrouve pas ma fille, je vous tuerai !

La directrice sentit un frisson de terreur lui courir le long de l'échine.

Mais déjà Rintintin la rassurait d'un sourire optimiste et serein qui voulait dire :

— N'ayez pas peur, madame.

Et s'approchant de M^me Moravec, il lui glissa confidentiellement à l'oreille :

— Je sauverai Nénette... car je l'aime.

# VI

## AMOUR SECRET

C'était vrai.

Célestin aimait sa cousine.

Ces sortes de choses n'arrivent pas seulement dans les romans ou dans les opéras-comiques.

Elles arrivent aussi dans la vie réelle.

Depuis quand Rintintin aimait-il Nénette ?

Depuis longtemps... depuis toujours.

Il la connaissait depuis l'enfance. Il avait joué avec elle quand, petits gosses tous les deux, ils faisaient d'interminables parties de cache-cache derrière les balles de cretonne ou de cotonnades garnissant le bureau-magasin.

De longues années heureuses s'étaient écoulées ainsi.

Puis, « à peine au sortir de l'enfance », — comme on chante dans le vieil opéra de Méhul, — Rintintin fut érigé aux éminentes fonctions de saute-ruisseau, tandis que Jeannette entrait à la pension Moravec.

On se vit moins souvent, mais avec un plaisir renouvelé chaque fois.

Car Nénette devenait charmante...

Et lui, Célestin, l'admirait avec dévotion.

Caché en quelque sorte dans son ombre, il la suivait de regards doux et tendres.

Elle, déjà femme, semblait ne pas s'en apercevoir.

Mais elle le remarquait fort bien... Et cet amour secret montait jusqu'à elle, en fluide d'adoration, pareil à l'encens qui enveloppe les idoles de son nuage odoriférant.

Amour secret... oui, car jamais le jeune garçon n'avait osé en parler à la fillette.

Comment aurait-elle accueilli cette déclaration ?

Mal peut-être.

Si elle le disait à son père, Célestin risquait de perdre sa pauvre place, d'être chassé !

Et il y tenait à cette place mal rétribuée et faite de fatigues sans noblesse, parce qu'elle était pour lui en quelque sorte l'abri d'où il pouvait contempler librement son aimée.

Mais si Rintintin avait mieux connu les sentiments de Nénette, il se fût convaincu bien vite qu'il n'y avait pas de danger pour lui.

Malheureusement, ces sentiments, il ne les connaissait pas, car, de plus en plus femme, Nénette mettait une sorte de coquetterie à bien les cacher.

En cela, l'héritière des Laversine se montrait véritablement fille d'Ève.

Et cependant, elle avait bon cœur.

Au fond, elle vouait à son cousin une bonne et tendre affection qui pouvait contenir en germe un sentiment appelé à devenir plus précis et plus puissant.

Peu à peu, entre les deux jeunes gens s'ébaucha une idylle, puérile d'abord, qui se développa et fleurit pour ainsi dire à leur insu à tous deux.

L'absence leur pesait.

Cette séparation forcée se traduisait par une continuelle présence morale.

Chacun pensait l'un à l'autre.

Rintintin surtout, à qui ses occupations d'ordre secondaire laissaient plus de liberté d'esprit.

Pour revoir Nénette, il avait recours à des stratagèmes, il inventait des moyens.

Avait-il une course à faire pour la maison aux environs de la rue du Pas-de-la-Mule, il ne manquait jamais l'occasion d'entrer à l'institution Moravec, sous prétexte d'une commission familiale qui lui permettait de parler à sa cousine.

Celle-ci maudissait son internat ; mais elle se heurtait au parti pris rigide de son père, qui répétait :

— Nous n'avons pas le temps de surveiller l'éducation de notre fille ; il faut donc que des gens qualifiés s'en occupent.

Là-dessus, il demeurait intraitable.

L'exil de Nénette ne devait donc prendre fin qu'à sa dix-huitième année révolue, après le cap du brevet supérieur.

Aussi, morfondue dans la solitude morale de l'institution, Nénette recevait-elle avec infiniment de joie les visites — très fréquentes — de son cousin.

Quand il partait, elle avait le teint plus animé, les joues plus roses, les yeux plus brillants.

C'est que, malgré elle, la magie avait opéré.

La magie d'amour !

On lui aurait demandé :

— Aimes-tu Célestin ?

Elle n'eût pas su que répondre.

Pourtant, c'était vrai : elle aimait Célestin, de même que lui aimait Nénette.

Amour secret et timide.

Amour délicat.

Amour de deux enfants qui s'y abandonnaient d'eux-mêmes, avec confiance, sans en discerner le caractère, sans non plus en connaître le péril.

O printemps, jeunesse de l'année !... O jeunesse, printemps de l'amour !...

# VII

## COEUR EN ÉVEIL

On juge de l'émoi apporté dans le paisible milieu des Laversine par l'annonce de l'enlèvement de leur fille.

Quelle affaire !...

Il y avait, d'ailleurs, de quoi s'effarer, et nul ne songera à reprocher sa crise de nerfs à M<sup>me</sup> Laversine.

La pauvre mère, revenue à elle, avait tout d'abord menacé M<sup>me</sup> Moravec.

Maintenant, elle se désolait, elle pleurait, et son mari, tout ému de ces larmes, les essuyait sans parvenir à les tarir.

Il se sentait impuissant à consoler ou à rassurer la malheureuse Véronique.

Et lui-même éprouvait une inquiétude qu'il ne cherchait même pas à dissimuler.

Ah ! ce fut une triste fin de repas, que cette visite inopinée de la directrice de l'institution !

Il avait bien fallu s'y résoudre toutefois... Et à présent, ayant affronté là colère et provoqué la douleur des infortunés parents de Nénette, M<sup>me</sup> Moravec aurait bien voulu s'en aller... avec ou sans Martine qu'elle eût volontiers laissée en otage, pour apaiser un trop juste courroux.

Mais Véronique entendait ne pas lâcher la directrice aussi facilement.

Elle avait encore des questions à lui poser.

— Voyons, madame, dit-elle en tamponnant ses paupières rougies, comment est cet homme, cet Aurélien Richardier ?

— Il a l'air très bien ! exagéra M<sup>me</sup> Moravec pour plaider sa cause... Qui aurait jamais pu se douter ?

— Je ne vous demande pas cela !... Son signalement ?

— Il est grand, solidement bâti, yeux gris, moustache rousse, vêtu d'un habillement marron de bonne coupe... Il s'exprime avec correction.

— Evidemment, puisqu'il a réussi à vous duper ! lança d'une voix irritée la mère de Nénette.

— Tout le monde s'y serait laissé prendre...

— Pas moi !

— Mais si... et avec cette histoire de l'accident qui nous a tous bouleversés.

— Une histoire stupide !

— Une histoire comme les journaux en racontent chaque matin, madame... Qui aurait pu se douter ?

— Enfin, qu'allez-vous faire ?

— Prévenir la police.

— Ce devrait déjà être fait.

— J'ai voulu vous voir avant.

— Je vais aller au commissariat, annonça Théodore. Madame voudra bien m'y accompagner.

— C'est que... hésita M<sup>me</sup> Moravec, peu soucieuse d la corvée... mes élèves.

— Vos élèves ? Je m'en fiche ! Il n'y a qu'une seule de vos élèves qui compte pour moi : ma fille.

C'était net.

— Allons ! reprit M. Laversine.

S'approchant de sa femme, il la baisa au front, paternellement, en lui disant :

— Courage, ma bonne ! Je vais essayer de débrouiller tout ça... Peut-être t'apporterai-je d'heureuses nouvelles.

Véronique eut un haussement d'épaules incrédule.

Elle n'espérait pas grand'chose de la démarche entreprise par son mari.

Pourtant, il ne fallait pas le décourager d'avance.

Elle soupira et tomba assise sur un fauteuil, tandis

que Théodore sortait, accompagné de Mme Moravec et de la fidèle et toujours honnête Martine.

Quant à Rintintin, il avait disparu.

Il ne devait pas être loin, certes.

La minute d'avant, il se trouvait encore là.

Il n'avait pas perdu un mot de ce qui venait de se dire entre M. Laversine et la directrice.

Si on avait fait attention à lui, on l'aurait même vu prendre des notes au moment où Mlle Moravec donnait le signalement sommaire de Richardier :

« Grand, solidement bâti, yeux gris, moustache rousse, vêtu d'un habillement marron de bonne coupe. »

Oui, Rintintin avait suivi toute cette conversation avec un intérêt extraordinaire.

Ses yeux, ordinairement vifs, brillaient plus encore que de coutume.

Il y luisait comme une flamme passionnée.

C'est qu'il s'agissait de sa chère Nénette, violemment arrachée de l'horizon, où il se plaisait à la contempler.

Pauvre petite amie !

Où était-elle ?

Qu'était-elle devenue ?

Quand la reverrait-il maintenant ?

Malgré l'assurance qu'il avait glissée à l'oreille de la directrice, il se sentait envahir par le doute.

Retrouver Jeannette.

La sauver...

La tâche serait dure, — malaisée tout au moins.

Cette disparition se présentait avec des caractéristiques fort inquiétantes.

Le ravisseur était inconnu, son domicile également ; quant au but qu'il poursuivait, même mystère.

Pour se guider, on n'avait donc rien... pas le moindre point de repère, à part le signalement plutôt vague de cet Aurélien Richardier maudit !

Et encore, était-ce bien son nom, à cet homme ?

de visiter qu'il avait eu... grave. On ne signalait rien... absolument... de visite ne constitue pas une pièce... pour vous à faire fabriquer un cen... certain — que le so... comme comme la grille de don... le désir s'accumulaient les obstacles... serait bien difficile à retrouver... le jeune Chinois avait foi dans l...

Il avait gagné un premier franc... qui se transcrit sans compter... je vous laisse tous les loisirs — d'en... A épier, à observer...

pour éveiller l'atten... je crois qu'premier... dans le récit de la directrice...

Pas-la-Mule... un de ses secrets... connaissons l'autre par son pro...

comme l'aimant...

FIN DE LA PREMIÈRE PARTIE

# DEUXIÈME PARTIE

## LODOÏSKA

### I

### LE MAGNÉTISEUR

Dans un petit café de la rue Montmartre, non loin de Saint-Eustache, deux hommes causaient, tout en absorbant force consommations de toute nature.

Nous connaissons un de ces hommes.

C'est Aurélien Richardier.

Il n'a changé ni de mise ni d'allure depuis le soir où nous l'avons vu — la semaine d'avant — pénétrer dans l'institution de la rue du Pas-de-la-Mule.

Seulement, il a l'air plus faraud, plus sûr de lui.

L'autre consommateur a une tête étrange.

Figurez-vous une face complètement glabre, au men-

Les cheveux eux-mêmes sont écornés par le rasoir ton bleu comme celui de maints acteurs,

à la hauteur des deux oreilles. Par ailleurs, ils sont fort longs et retombent en arrière sur la nuque, en mèches tire-bouchonnantes.

Un nez droit, très fort, des lèvres extrêmement minces, un regard fascinateur.

Oh ! ce regard ; il semble fouiller dans l'espace, comme pour y découvrir une proie.

Il est acéré, aigu.

Il paraît darder des flammes.

Puis, parfois, il s'obscurcit comme si le feu intérieur qui l'éclaire s'éteignait tout à coup.

Cet homme bizarre avait le geste félin, la parole
onctueuse et causait à voix prudente avec Aurélien.

— Eh bien, demanda celui-ci, votre sujet, maître
Hakumboulba ?

— Remarquable !

— N'est-ce pas ?

— De premier ordre, et je vous remercie encore
de me l'avoir procuré.

— A ce propos, maître, il faut que je vous rafraîchisse un peu la mémoire.

— Ah !

— Oui, si vous le permettez, toutefois.

— Voyons. De quoi s'agit-il ?

— Du règlement de notre petit compte.

— Je croyais tout réglé.

— Erreur... Oh ! je sais bien qu'un homme tel que
maître Hakumboulba plane au-dessus de ces misères
et regarde de très haut ces vétilles bonnes pour les
humbles mortels.

— N'en jetez plus, Richardier... La cour est pleine !

— Oui, mais la poche est vide... la mienne, du
moins, veuve des cent cinquante francs que vous me
devez encore sur le marché relatif à Nénette.

— Cent cinquante francs !

— Parfaitement.

— En êtes-vous pertinemment sûr ?

— Aussi sûr que je vous vois et que Nénette, sous
le nom joli de Lodoïska, est l'étoile du théâtre Hakumboulba.

L'autre sourit.

— Deux noms bien choisis, pas vrai, qui sentent
la magie hindoue à plein nez !

— En tout cas, ils font recette... et je voudrais bien
en faire autant à mon tour... Rappelez-vous ; je devais
vous livrer à forfait, pour cinq cents francs, un sujet
apte à vos expériences de magnétisme.

— Cela a été fait, convint le « maître ».

— Vous m'avez versé trois cent cinquante francs... Reste donc cent cinquante.

— Vous êtes terriblement fort en arithmétique, Richardier, soupira l'homme aux yeux étranges.

Il sortit de son calepin trois billets de cinquante francs qu'il laissa tomber négligemment sur la table, devant Aurélien qui les ramassa en disant :

— Là ! Affaire terminée !

— C'est égal, reprit maître Hakumboulba, j'ai eu une riche idée de m'adresser à vous pour me procurer le sujet dont j'avais besoin... Une riche idée !

— Il fait votre affaire, alors ?

— Merveilleusement.

— Ah ! maître Hakum, fit Aurélien familièrement, je ne me doutais pas, le jour où je vous connus, que nous ferions jamais des affaires ensemble !

— Moi non plus.

— C'était à la terrasse du café Brébant... Je sortais de Fresnes où j'avais dû villégiaturer quelques semaines pour je ne sais quelle peccadille.

— Moi, je quittais la même maison quelques jours auparavant... On s'y était vu...

— On se reconnut, maître Hakum, quand vous vîntes faire la quête parmi les clients, après avoir effectué deux ou trois tours de passe-passe, très jolis ma foi !

Flatté, Hakumboulba s'inclina.

— La prestidigitation, dit-il, c'est très bien comme art de société, mais j'avais d'autres visées.

— Des ambitions plus hautes !

— Parfaitement. Ce qui me tentait, c'était le magnétisme, l'hypnotisme, la mise en œuvre des fluides humains. J'avais déjà fait des expériences dans ce domaine, alors que, sous mon vrai nom de Cordouan, j'étais garçon de salle chez le professeur Richet.

— Pourquoi vouliez-vous magnétiser vos contemporains ?... demanda Richardier.

— Parce que c'est un jeu qui permet de saisir bien des secrets et qui procure des gains appréciables... Depuis l'ouverture de mon théâtre, il y a moins de huit jours, j'ai gagné plus d'argent qu'avec un mois de séances de prestidigitation.

— Ah ! s'extasia Aurélien.

— Oui... mais pour cela, il me fallait un sujet, un sujet de premier ordre.

— Et c'est moi qui vous l'ai déniché !

— Comment l'avez-vous trouvé ?

— De la façon la plus simple du monde.

— Vous ne me l'avez encore pas dit, Aurélien.

— C'est que nous avons eu des sujets de conversation plus intéressants, mon cher... Mais voilà. Le jour où nous nous revîmes, à la terrasse du Brébant, vous me confiâtes votre désir... Il vous fallait une fille jeune et jolie.

— Autant que possible...

— Ayant le regard profond...

— Et certaines particularités, qui distinguent les êtres capables de devenir des médiums.

— C'est cela... Or, j'avais remarqué récemment, dans une théorie de jeunesses se rendant à la messe, le dimanche à Saint-Gervais, une petite personne répondant absolument aux conditions que vous m'aviez indiquées, maître Hakum.

— Vous avez l'œil, Aurélien !

— Et le bon... Voilà, me dis-je, le médium accompli que rêve le camarade.

— Restait à l'amener au camarade !

— Ce fut un peu plus compliqué... Mais avec un peu de patience et quelques pourboires habilement distribués, je sus bientôt ce qu'il fallait savoir pour pouvoir agir vite. Le pensionnat, le nom de la famille afin de me présenter à la directrice et réclamer l'infante d'urgence, en affolant tout le monde par le récit d'un accident — imaginaire, bien entendu — arrivé au papa... et le tour était joué.

— Bien joué, sur ma foi !

— Le plus difficile était de garder la jouvencelle après l'avoir mobilisée.

— Ah ! oui...

— Pour ça, maître Hakum, vos leçons m'ont été des plus précieuses... et j'espère bien qu'elles me serviront dans d'autres circonstances encore.

— L'hypnotisme est une force.

— Mais il faut savoir l'employer, ajouta Aurélien Richardier. Grâce à vous, je sais. J'ai pu maintenir la jeune fille sous ma dépendance et la faire passer sous la vôtre.

— D'où elle ne sortira pas de sitôt !... conclut maître Hakumboulba, avec un rire grinçant.

Aurélien rit aussi et plaisanta :

— Je voudrais bien voir les têtes, dans la famille Laversine !

— Yes, my dear ! répondit le magnétiseur.

Cette réplique en anglais était un signal pour les deux échappés de prison.

Signal conventionnel dans ce monde-là, et qui veut dire aux initiés :

— Attention ! Danger !

C'est que maître Hakumboulba venait de remarquer, à une table voisine, un jeune homme qui semblait prêter l'oreille, tout en dégustant sa consommation.

Il s'empressa, avec son complice, de quitter le petit café proche de l'église Saint-Eustache.

## II

### LODOISKA

Passage Verdeau, dans le neuvième arrondissement, parmi les enseignes des innombrables étalages et boutiques, il y en a une qui se détache avec un éclat particulier :

## THÉATRE HAKUMBOULBA

### *Magie.*

### *Magnétisme.*

Suivons la foule qui fait queue à la porte pour s'entasser dans le sous-sol constituant la salle.

Depuis quelques jours, le théâtre Hakumboulba, jouit d'une vogue extraordinaire, justifiée d'ailleurs par l'intérêt et la qualité des expériences du professeur au nom étrangement exotique (qui s'appelle, on le sait, tout bonnement : Cordouan).

Ce qui fait surtout l'attrait de ce théâtre, ce sont les séances données par Lodoïska.

C'est, paraît-il, un médium unique au monde, laissant bien loin derrière lui tout ce qui fut réalisé jadis à la fameuse villa d'Eusébia Paladino.

Descendons, au sous-sol, à la suite du public.

Le décor de la salle est simple et sommaire.

Du noir partout.

Cette teinte funèbre est destinée vraisemblablement à frapper les imaginations.

Pas de loges.

Comme sièges, des banquettes.

La scène, minuscule, est séparée de la salle par un rideau noir également, pareil à un drap de catafalque.

L'éclairage est fourni par une énorme ampoule électrique fixée au plafond.

Cette salle bizarre peut contenir de cent cinquante à cent soixante personnes.

La matinée est annoncée pour deux heures ; il est une heure et demie à peine et déjà les spectateurs sont au complet, attendant impatiemment le lever du rideau.

Au contrôle, on refuse du monde.

Les retardataires reçoivent un ticket — noir aussi — pour la séance suivante.

Pan ! pan ! pan !

Trois coups...

La lumière s'éteint.

Le rideau se lève — s'écarte plutôt vers les deux plinthes — et la scène apparaît, éclairée d'une lueur violette d'un aspect fantastique, pendant qu'un orchestre invisible exécute une mélopée en mineur.

Voici le professeur Hakumboulba.

Il semble émerger des dessous, comme Méphisto, au premier acte de *Faust*.

La musique cesse.

Alors, dans l'impressionnant silence, le professeur Hakumboulba s'adresse à l'assemblée :

— Mesdames, messieurs,

« Vous n'êtes pas conviés ici à un spectacle banal.

« Tout à l'heure, nous ferons parler les esprits et nous évoquerons les morts.

« Que ceux qui n'ont pas le cœur assez solide pour résister à ces expériences quittent la salle.

« On leur remboursera leurs places.

« Je comprends qu'il soit pénible à un gendre de se retrouver face à face avec sa belle-mère morte et enterrée depuis de longues années. »

(Sourires dans l'assistance.)

Malgré cette boutade, plusieurs spectateurs prennent au sérieux la menace du professeur et s'en vont, sans plus attendre, se faire rembourser au contrôle.

Alors, la représentation commence.

Hakumboulba exécute d'abord, avec une virtuosité d'habile prestidigitateur, une série de tours de passe-passe et d'escamotage parfaitement réussie.

Un lapin devient une poule, une omelette jaillit d'un chapeau ; un œuf se change en bouquet, d'une bouteille d'eau coule du vin rouge.

Etc, etc.

C'est la gamme habituelle à ceux qu'on appelle dans le peuple : des physiciens, car il a ainsi baptisé les illustrations comme Robert Houdin ou le chevalier Cavetano, quand on ne les appelait pas : *les sorciers*, tout simplement.

Et pour beaucoup de gens, dans la salle, Hakumboulba était mieux qu'un thaumaturge hindou.

C'était un sorcier.

Un sorcier opérant en plein vingtième siècle, aux boulevards de la capitale du monde, sous les yeux protecteurs des gardiens de la paix.

Lorsque le professeur eut terminé la série de ses tours éblouissants, il annonça un entr'acte.

Le rideau se referma.

L'orchestre invisible recommença à jouer ses mélopées exotiques et traînantes.

Mais la lumière ne se ralluma pas.

C'est que maître Hakumboulba n'était pas seulement un fantasmagoriste excellent dans l'art de frapper les masses, c'était aussi un commerçant expert, et il faisait des économies de courant.

Allez donc, après ce trait, nier son génie !

⁂

Tandis que le public attendait la reprise du spectacle, Cordouan-Hakumboulba sortait de scène.

Il passa d'abord dans le réduit qui lui servait de loge et rafraîchit son front emperlé de sueur par une vaporisation à l'eau de Cologne.

Puis, après avoir bu un verre de citronnade que lui apporta son accessoiriste, qu'il appelait Fosco, il ouvrit une porte fermant à clef, qui donnait accès dans une autre pièce un peu plus grande que celle-ci.

C'était la loge de Lodoïska.

La voyante !

Le médium !

L'incomparable sujet de maître Hakumboulba !

Lodoïska... autrement dit Jeannette Laversine.

Elle était étendue sur une chaise longue et paraissait dormir paisiblement.

Oui, elle dormait... mais d'un sommeil artificiel, le sommeil hypnotique dans lequel Cordovan la laissait plongée depuis qu'il avait mis la main sur elle.

Et il y avait plusieurs jours de cela !

Ce sommeil était si profond, si définitif, si absolu que Nénette n'entendit pas l'homme entrer dans la loge, malgré tout le bruit qu'il faisait.

Il alla droit à elle et allongea les deux mains au dessus de sa tête.

Lodoïska tressaillit.

Mais elle ne bougea pas.

Ce simple geste venait de la confirmer dans son étrange état d'hypnose.

Alors, l'homme parut rassuré.

Il murmura :

— Le fluide opère toujours !

Et il sourit, heureux comme d'une victoire, de ses lèvres minces et décolorées qui semblaient dessiner un rictus de spectre.

Quel contraste entre cette physionomie ravagée, tourmentée et laide, et le visage ravissant de Lodoïska !

La beauté de la jeune fille semblait s'être affinée, s'être idéalisée depuis que nous l'avons vue quitter l'institution de la rue du Pas-de-la-Mule...

Ce n'était pas la petite pensionnaire, gentille, mais encore un peu puérile.

C'était à présent une vraie jeune fille, qui semblait mûrie par une vie intérieure.

Sous les paupières baissées, on devinait deux yeux veloutés et scintillants.

Lodoïska était vêtue d'une longue robe blanche qui lui donnait un aspect séraphique, et qui devait aider admirablement à l'illusion théâtrale, sur la scène.

Le professeur la laissa quelques minutes encore dans sa position de repos.

Puis, consultant sa montre, il murmura :

— C'est le moment !

Il appela :

— Fosco !

L'accessoiriste parut.

— Sonne la fin de l'entr'acte.

Fosco sortit et alla appuyer du doigt sur un bouton de sonnerie électrique.

Un roulement trilla sur le timbre vibrant, logé au plafond de la petite salle.

— Ah ! firent des voix nombreuses.

Fosco tourna une manette.

Le rideau s'écarta derechef, et la scène apparut, teintée cette fois d'une nuance orangée.

La partie vraiment passionnante du spectacle allait commencer avec Lodoïska.


# III

### LA REPRÉSENTATION INTERROMPUE

Un grand silence régnait sur l'assistance.

Un silence comme oppressé.

Bientôt, Hakumboulba parut, marchant à reculons et les mains tendues vers une forme blanche qu'il semblait attirer à lui par une force persuasive.

Au même moment, la musique, qui avait cessé de jouer au lever du rideau, recommença ses cantilènes.

Toujours suivi de son sujet le magnétiseur, fit lentement le tour de la scène.

Lodoïska marchait les bras ballants, d'un pas d'automate, mais souple et sans raideur.

Ses yeux, grands ouverts à présent, se fixaient d'une façon intense sur ceux du professeur.

Ceux-ci étaient effrayants.

Ils dardaient des flammes.

Il était visible que Cordouan-Hakumboulba concentrait en ce moment toutes ses facultés fluidiques pour influencer plus énergiquement son médium.

La salle, très intéressée, suivait ce manège en silence.

Les uns, la plupart, avaient l'air convaincu.

D'autres souriaient, sceptiques...

Mais à ceux-ci même, le regard d'Hakumboulb paraissait prodigieux, inouï !

Le professeur avait terminé son voyage circulaire autour de la scène.

Il conduisit toujours à reculons, Lodoïska près d'un fauteuil et la fit asseoir.

Elle y tomba plutôt qu'elle ne s'assit ; elle paraissait résignée et comme lasse.

— Mesdames, messieurs, commença le thaumaturge, j'ai l'honneur de vous présenter M<sup>lle</sup> Lodoïska, le plus lucide des sujets extra-lucides.

« M<sup>lle</sup> Lodoïska est née à Varsovie, d'une riche famille qui a eu des malheurs à la suite des catastrophes politiques qui ont assailli son pays.

« Elle a été élevée en Pologne, puis en Russie ; mais elle parle admirablement le français, comme vous pourrez le voir tout à l'heure, et avec le plus pur accent parisien.

« Son père étant devenu fou à la suite de ses revers de fortune et sa mère ayant perdu la vue, M<sup>lle</sup> Lodoïska songea, pour leur venir en aide, à utiliser les incomparables facultés de médium qu'un médecin de Moscou lui avait découverts.

« C'est ainsi qu'elle vint à Paris, où je fus assez heureux pour m'attacher son concours, à prix d'or, cela va sans dire, car tous les directeurs se l'arrachaient.

« Dans cette lutte à coups de billets de banque
c'est moi qui ai remporté la victoire.

« J'ai l'ambition d'en remporter une autre.

« Une victoire sur vous, mesdames et messieurs,
sur cet intelligent public qui m'entoure et qui, peut-
être, est sceptique encore quant à la valeur des expériences annoncées par le programme.

« Ces expériences sont de trois sortes :

« 1° Divination et seconde vue ;

« 2° Transmission de pensée ;

« 3° Prédiction de l'avenir.

« Nous allons commencer par la première catégorie.
Je prie les spectateurs d'être très attentifs. »

Hakumboulba salua profondément son auditoire et
s'approcha de Lodoïska.

Pendant le discours du professeur, elle était demeu-
rée immobile sur son fauteuil.

Ses yeux, étrangement fixes et dont les paupières
n'avaient pas le moindre battement, regardaient droit
devant eux dans la salle, sans but, sans rien voir ap-
paremment.

Avait-elle entendu le boniment récité par maître
Hakumboulba ?

Il ne le semblait guère, car son impassibilité ne
s'était pas démentie une seconde.

Elle était dans la période d'insensibilité extérieure
où l'avait laissée le magnétisme.

A l'approche de ce dernier, elle tressaillit, comme
craintive, pareille à un oiseau qui replie ses ailes sous
la menace d'un danger immédiat.

Hakumboulba lui fit l'imposition des mains.

— Levez-vous ! ordonna-t-il.

Elle obéit.

Il demanda :

— Votre nom ?

Le médium répondit d'une voix claire :

— Lodoïska.

— Pas vrai ! cria une voix dans la salle.

Effaré, le magnétiseur se retourna pour voir d'où partait cette interruption.

Mais il lui était impossible d'apercevoir quoi que ce fût dans l'obscurité qui régnait.

Pourtant, Hakumboulba-Cordouan voulut, quand même payer d'audace.

Cette interruption désobligeante avait remué le public.

Il ne pouvait la laisser sans réponse, sous peine de passer pour éviter la question.

Une voix anonyme l'attaquait devant tout le monde ; il fallait répondre à l'attaque.

Battre en retraite eût été maladroit. Cela aurait ruiné son crédit.

Tandis qu'en ripostant, il mettait les rieurs de son côté.

Cependant, maître Hakumboulba n'était pas très rassuré lorsqu'il lança dans la salle :

— Qui a dit : pas vrai ?

— Moi ! répliqua la même voix.

— Qui ça, vous ?

— Mon nom ne fait rien à l'affaire. J'ai dit que votre sujet ne s'appelle pas Lodoïska et je le maintiens. Son nom est Jeannette Laversine... Voilà !

Un peu décontenancé, le professeur Hakumboulba affecta de rire et prononça :

— Je ne comprends pas... nous allons poursuivre.

Sous sa désinvolture apparente, il était terriblement inquiet, le complice d'Aurélien Richardier.

Il continua :

— Je disais donc que Mlle Lodoïska...

— Jeannette Laversine !

— ... va se livrer devant vous à quelques exercices inédits de divination... Lodoïska, levez-vous.

Nénette obéit.

Elle vint se dresser, sur le devant de la scène, à côté de maître Hakumboulba.

Celui-ci demanda à un spectateur assis au premier rang de bien vouloir lui confier son porte-monnaie.

— Ne le lui donnez pas ! s'écria la même voix... Il ne vous le rendrait plus.

Cette fois, le magnétiseur se fâcha.

— C'est insupportable, à la fin ! clama-t-il, la face empourprée de colère.

Dans la salle, certains riaient, d'autres protestaient.

Il fallait calmer l'orage et sauver la recette, car plusieurs spectateurs parlaient de se faire rembourser.

Hakumboulba lança alors cette déclaration :

— Que celui qui trouble ainsi la représentation ose donc se montrer et s'avance !

— Voilà ! répondit la voix, impitoyable et railleuse.

Alors, on vit émerger de l'ombre une silhouette qui se précisa à mesure qu'elle s'éloignait du fond de la salle et se rapprochait de la scène.

C'était un jeune homme.

Personne ne le connaissait, maître Hakumboulba pas plus que les autres.

Mais nous le connaissons, nous.

C'était Rintintin.

Un silence se fit.

Les bras croisés sur la poitrine, en une attitude de défi, Rintintin se campait en face du baladin.

Lodoïska demeurait impassible, comme étrangère à toute cette agitation soulevée à propos d'elle.

Hors de lui, les poings tendus, le magnétiseur hurla :

— Qu'avez-vous dit, monsieur ?

— La vérité.

— Vos injures ne m'atteignent pas.

— M'est avis que si !

— Je vais vous faire arrêter.

— Allez-y ! Nous irons ensemble, chez le commissaire.

— Vous osez ?

— C'est vous qui n'oserez pas. Mais soyez tranquille, c'est moi qui vais prévenir la police pour vous obliger de rendre à sa famille cette jeune fille que vous avez volée !

Une rumeur montait de l'auditoire et dégénérait bientôt en tumulte.

Des vociférations s'élevaient, des invectives se croisaient ; chacun voulait manifester.

— A la porte !

— Laissez-le parler !

— Mes vingt sous !

A la fin, ce fut un grand cri, un cri général de surprise et de désappointement.

La nuit complète venait de se faire dans la salle. La lumière de la scène s'était éteinte.

Voyant que les choses se gâtaient, Fosco, l'accessoiriste, avait coupé net le courant électrique.

C'est le moyen classique employé dans les réunions publiques, quand elles tournent mal.

En homme avisé, l'accessoiriste y avait eu recours.

*<br>* *

Ce fut alors, dans la petite salle, une cacophonie et un tumulte indescriptibles.

Des voix furieuses clamaient :

— La lumière !

— C'est un coup monté !

— Voleurs !

— Bandits !

— Rendez l'argent !

— Les lampions !...

On s'écrasait les pieds, on se donnait des coups de poing, on se battait.

Des femmes et des enfants, à moitié étouffés dans cette cohue, criaient miséricorde.

Pendant ce temps, d'adroits pick-pockets — il y en a toujours — exploraient adroitement les poches.

— On m'a volé mon porte-monnaie ! criait l'un.

— Moi, ma montre ! répondait un autre en écho.

Un troisième constatait la disparition de son portefeuille. Les réticules étaient arrachés des mains qui les tenaient.

Bref, c'était un « chahut » monstre, et un désordre porté à son comble.

Cela dura une ou deux minutes, qui semblèrent interminables aux victimes de la situation.

Enfin, quelques lueurs émergèrent, données par des lampes électriques de poche.

On s'aperçut alors que la scène était vide.

Hakumboulba et son sujet avaient disparu !

## IV

### LES SUITES D'UN BON MOUVEMENT

Rintintin poussa un cri de colère.

Mais son hésitation fut courte.

Il escalada la rampe et bondit sur la scène, suivi de plusieurs spectateurs courant après lui, les uns parce qu'ils le considéraient comme un comparse malhonnête du prestidigitateur, les autres mus simplement par la curiosité et avides de voir ce qui allait se passer.

Passablement bousculé et un peu malmené, même, Célestin Laversine traversa la scène et déboucha dans un couloir tout aussi obscur où il ne trouva pas d'issue tout d'abord.

Enfin, une porte céda sous la pression de ses mains,

et Rintintin se trouva dans une salle carrée, qui était le vestiaire du théâtre, à en juger par certaines défroques qui ornaient les patères, tout un attirail de perruques, de fausses barbes et de costumes diversement bariolés.

C'était là le « matériel » utilisé par Hakumboulba pour les apparitions de ses esprits.

Dans sa fuite, il n'avait pas eu le temps de l'emporter.

Rintintin passa outre, et toujours escorté de ses suiveurs vociférants, il continua ses pérégrinations à la recherche de l'introuvable Hakumboulba.

Tâche malaisée, à travers le dédale tortueux composant les dépendances du petit théâtre.

Mais là, du moins, on y voyait clair, mieux encore qu'au vestiaire abandonné.

Forcé de revenir sur ses pas, Rintintin se trouva face à face avec ses suiveurs.

Ils lui barrèrent la route.

Des poings se tendirent...

Des menaces grondèrent.

— Le voilà !

— C'est lui !

— Le complice de l'estampeur !

— A l'eau !...

— Non ! à la police !

Ce dernier avis prévalut.

Empoigné au collet, saisi aux bras par des mains brutales, il voulut protester.

Peine inutile...

On l'emmenait, solidement maintenu, vers la sortie que quelqu'un venait de découvrir.

— Par ici ! par ici !

On fut bientôt descendu dans le passage Verdeau.

Et là, les boutiquiers assistèrent à ce spectacle imprévu de dix ou douze hommes en conduisant un autre chez le commissaire, en hurlant comme des possédés.

Pendant cette folle poursuite, maître Hakim-bouba, naturellement, avait disparu.

Mais personne ne songeait plus à lui.

On tenait « son complice »...

En vain répétait-il

— Demandez donc au concierge par où le saltimbanque a bien pu passer ?..

— C'est bon, c'est bon, mon garçon, répondaient les autres. En route ! On s'expliquera chez le commissaire. En attendant, on le tient et on le garde !

Voilà la logique sommaire des foules.

Rintintin y réfléchissait avec amertume.

Ah ! son geste avait eu un joli résultat !

C'était lui, maintenant, qu'accusaient tous ces gens ameutés sur ses talons !

Singulière récompense !...

Le pauvre Rintintin, pourtant, ne regrettait rien de ce qu'il avait fait.

Et il se disait — courageusement — que si c'était à recommencer, il agirait de même.

Molesté, injurié, battu, il n'avait pas peur.

Rintintin était un brave garçon.

**

Le bureau de police n'était pas loin, à deux pas du passage, rue Grange-Batelière.

Tiré, poussé, porté, traîné, et toujours insulté, Rintintin y arriva en assez piteux état.

Le groupe tumultueux envahit le bureau malgré les efforts des deux agents pour s'y opposer.

Le commissaire n'était pas là.

Mais il y avait son secrétaire, un jeune homme assez occupé pour l'instant par d'autres affaires.

On dut attendre.

Cette attente fut longue, car les affaires en question ne comportaient pas de remise ; et, ici, c'était comme chez le dentiste. Chacun passait à son tour.

Enfin, le secrétaire solutionna les requêtes, contraventions et procès-verbaux qu'il avait à examiner, et le pauvre Rintintin put, au bout d'une heure, comparaître devant lui.

Là, cela ne marcha pas tout seul.

Tout le monde voulait parler à la fois.

Quand il eut enfin obtenu le silence, le secrétaire se fit expliquer l'affaire par le plus loquace des individus acharnés après l'innocente victime.

C'était un Méridional, doué d'une faconde formidable et d'un non moins formidable *assent*.

Le secrétaire écoutait avec attention.

On pourrait dire : avec patience.

Quand le Méridional eut fini :

— Tout ça n'est pas très clair, déclara-t-il.

Et, s'adressant à Rintintin :

— Voyons, mon garçon, exposez-nous votre cas.

— Mon cas... mais il est très simple !

— Vous croyez ?

— Certes !

— Je ne trouve pas.

— Pourtant...

— Voyons... que faisiez-vous au théâtre Hakum-boulba ?

— J'étais venu voir la séance.

— Hum ! on dit que vous étiez de connivence...

— Moi ! je ne connaissais pas le magnétiseur.

— Sûr ? fit le secrétaire, ironiquement incrédule.

— Je ne l'avais jamais vu... Et vous, monsieur le secrétaire, le connaissiez-vous ?

— Pas plus que vous, si vous dites la vérité.

— Alors, permettez-moi de vous dire que vous avez tort...

— Hein ?

— Oui, car c'est le rôle de la police de surveiller de pareils individus, souvent dangereux.

— Des leçons, maintenant ?

— Non... mais j'ai bien le droit de me défendre,

surtout après avoir été arrangé comme je le suis.

Et, piteusement, Rintintin montrait son visage meurtri, ses mains en sang et couvertes d'ecchymoses, son chapeau cabossé et ses habits en loques...

Le secrétaire sourit de l'à-propos de la réponse.

Il était désarmé.

Sur un ton plus bienveillant, il poursuivit, en imposant silence au bouillant Méridional, qui voulait parler encore, qui voulait parler toujours.

— Voyons, mon ami. Votre nom ?

— Célestin Laversine.

— Profession ?

— Employé à la maison Laversine, place de la Bourse.

— Vous êtes parent du patron ?

— Je suis son cousin.

— On va vérifier, déclara le secrétaire en appelant un agent auquel il donna un ordre à voix basse.

Ensuite, reprenant son interrogatoire :

— Racontez-nous ce qui s'est passé.

— Voici... J'étais cet après-midi en courses pour la maison. Ayant fini plus tôt que je ne pensais, j'avais une heure de liberté. Je résolus de la passer au théâtre Hakumboulba, auprès duquel le hasard m'amenait.

— Bien. Ensuite ?

Encouragé, Rintintin continua, posément :

— La première partie du spectacle se déroula sans incident. Il n'en fut pas de même pour la seconde.

— Ah oui ! rugit le Méridonal.

— Silence ! ordonna le secrétaire. On n'entend que vous ici !

L'autre se tut, mortifié de son interruption rentrée, et navré des malencontreuses dispositions du secrétaire à son égard.

Rintintin reprit :

— L'attrait de cette seconde partie résidait dans la

présentation du médium affecté sur l'affiche et sur les programmes : « M<sup>lle</sup> Lodoïska... »

— Vous vous intéressez donc aux sciences occultes ?

— Pas précisément, monsieur... Seulement, je désirais poser une question, capitale pour moi, à cette voyante, et c'est même ce qui m'avait décidé à entrer.

— Quelle question ?

— Une question relative à une petite-cousine, la fille de mes patrons, Jeannette Laversine, qui a disparu depuis quelques jours... il y a dix jours exactement.

— Dans quelles conditions, cette disparition ?

— Jeannette Laversine — que l'on appelait familièrement à la maison Nénette — a été l'objet d'un enlèvement, dans des circonstances bizarres, à une institution de la rue du Pas-de-la-Mule, où elle était en pension.

— J'ai entendu parler de cette affaire, déclara le secrétaire. Nous en avons été avisés.

— Je le sais, monsieur.

— Un individu jusqu'ici inconnu est venu réclamer M<sup>lle</sup> Laversine, sous le prétexte d'un grave accident de tramway survenu à son père... Est-ce cela ?

— Parfaitement...

— Et cet individu avait donné comme nom : Aurélien Richardier.

— Oui, monsieur.

— Nom certainement faux. On n'a pu obtenir aucun indice sur ce soi-disant Richardier.

— C'était précisément pour tâcher de savoir quelque chose, monsieur, que j'étais entré au théâtre Hakumboulba.

— Vous vouliez interroger la voyante ?... demanda le secrétaire en souriant.

— Je l'avoue sans rougir... Je porte beaucoup d'intérêt à M<sup>lle</sup> Laversine, ajouta le jeune homme avec chaleur, et le chagrin de ses parents me désole.

— Votre intention valait certainement mieux que le moyen de la réaliser !

— Peut-être... Quoi qu'il en soit, monsieur, jugez de mon étonnement lorsque je reconnus dans la voyante...

— Qui ?...

— Ma cousine en personne.

— Pas possible !

— C'est ainsi, pourtant.

— Voilà qui est bizarre ! murmura à part lui le secrétaire du commissariat.

— Alors, j'ai protesté, j'ai manifesté... Qui n'en aurait fait autant, à ma place ?... C'est mon intervention qui m'a valu d'être pris à partie par le public.

— Pourquoi cela ?

— Hakumboulba, voyant que les choses tournaient mal, a fait éteindre la lumière. Il n'en a pas fallu davantage pour mécontenter certains spectateurs ; ils m'ont reproché d'être de mèche avec le magnétiseur qui, en arrêtant la représentation, ne leur en donnait pas pour leur argent.

Le secrétaire réfléchissait.

Tout ce que racontait Rintintin était vraisemblable, et il le disait sur un ton posé et franc qui donnait une impression favorable à la plupart des assistants.

Seul, le Méridional n'était pas convaincu.

Il lui fallait autre chose...

Et surtout, il voulait être remboursé.

Impatienté de son insistance, le secrétaire lui objecta que cette question n'était pas de son ressort.

Le Méridional partit, furieux, ainsi que les autres auteurs de l'algarade, qui comprenaient s'être fourvoyés.

Au moment où ils sortaient, un homme arrivait, descendant de voiture.

— Je suis M. Laversine ! clamait-il. On m'a appris ce qui se passe ici...

— J'ai, en effet, ordonné de vérifier !..

— Je viens réclamer mon cousin ! déclara le brave homme, coupant la parole au secrétaire.

En quelques mots, il fut mis au courant par Rintintin.

— Embrasse-moi, mon petit ! fit-il après l'avoir écouté attentivement. Je te revaudrai ça, tu sais, surtout si tu retrouves Nénette.

Et, en prononçant le nom de sa fille, le pauvre père se mit à pleurer comme un enfant.


## V

### APRÈS L'ALERTE

S'éclipsant à la faveur de l'obscurité et gagnant tout le monde de vitesse, maître Hakumboulba avait rapidement atteint le passage Verdeau, grâce à sa connaissance parfaite des dégagements.

Il entraînait Lodoïska à sa suite, aidé en cela par Fosco, l'accessoiriste.

D'ailleurs, il lui était facile d'emmener son sujet sans esclandre.

Il s'était borné à lui dire :

— Suivez-moi !

Et, fascinée, dominée par cette volonté supérieure, la pauvre enfant avait obéi, comme toujours.

Elle était entièrement au pouvoir de cet homme.

Elle était à sa discrétion.

Elle se comportait, entre ses mains, comme un simple jouet que meut une force absolue et invincible.

Nénette avait donc suivi son maître passivement, et à une allure naturelle qui ne pouvait rien déceler.

Fosco ayant eu soin de lui jeter sur les épaules un

au fond de son âme, et qui pouvait, à son gré, lui donner l'illusion du bonheur.

D'ailleurs, Hakumboulba n'était pas méchant, ni dur avec Jeannette.

C'eût été contraire à son intérêt.

Pour la garder souple et docile, il ne fallait pas la rebuter, en quoi que ce fût.

Sous les mauvais traitements, la jeune fille aurait pu se cabrer, s'insurger.

Et c'est ce que ne voulait à aucun prix le marchand d'orviétan à l'usage des badauds.

**

— Fosco !
— Maître ?
— Le dîner est-il prêt ?
— Je termine la salade.
— Allons, sers-nous. J'ai faim.
— Les émotions vous ont creusé l'appétit ?
— Silence, imbécile ! Inutile de réveiller le chat qui dort.

Cordouan-Hakumboulba alla vers la pièce voisine, et, entr'ouvrant la porte :

— Venez manger, Lodoïska.

C'était plus un ordre qu'une invitation...

La formule était banale, certes, mais l'inflexion se manifestait, impérative, sous la tranquille apparence des mots prononcés par l'homme du théâtre Verdeau.

C'est le ton qui fait la chanson.

Nénette obéit et vint prendre sa place à table, dans la salle à manger.

Elle s'avançait lentement, comme toujours.

Sa démarche même semblait dictée, comme le reste.

Elle s'assit sans mot dire, regardant autour d'elle avec des yeux qui ne s'étonnaient plus de rien.

Et pourtant, cet intérieur... qui lui était étranger la semaine précédente...

Ce commensal qui la recevait et qu'elle ignorait dix jours auparavant...

Ce service de table, bien moins beau que celui des Laversine, ses parents oubliés...

Elle acceptait tout cela...

Elle l'admettait...

*Elle ne pouvait pas ne pas l'admettre.*

Fosco commença le service.

Un type étrange que celui-là !

Petit et laid, avec une tête de fouine aux traits grimaçants, il était en état d'agitation perpétuelle, comme s'il eût été affligé de la danse de Saint-Guy.

Il courait comme un gnôme autour de la table, bondissait à la cuisine, reparaissait affairé.

— Qu'as-tu donc à te trémousser ainsi ? lui demanda Hakumboulba, impatienté.

— Ça me travaille !

— Quoi ?

— L'histoire de tout à l'heure...

Hakumboulba lui lança un coup d'œil interrogateur, auquel il répondit en regardant Nénette.

Le magnétiseur comprit.

— Lodoïska, dit-il, mangez sans écouter.

Puis, sans plus se préoccuper d'elle que si elle n'existait pas, il continua :

— Explique-toi.

— Oh ! c'est bien simple : nous sommes brûlés !

— Allons donc !

— Vous ne croyez pas ?

— Non, en vérité...

— Vous vous figurez que vous allez pouvoir donner votre représentation ce soir ?

— Bien entendu !

— Après ce qui s'est passé tantôt ?

— Qui m'en empêchera ?

— Moi.

— Hein ?

— Moi, Fosco, qui vous empêcherai ainsi de commettre une sottise.

— Tu vas un peu fort !

— Mettons : une imprudence, une faute, si vous préférez... je ne tiens pas aux mots. Ce qui m'intéresse, c'est les faits. Or, maître... les faits...

— Eh bien ?

— Sont graves...

— Tu crois ? fit l'autre, songeur, cette fois.

— Pensez au bruit que tout ce chichi a fait dans le quartier. Cela a dû parvenir sûrement aux oreilles de la police.

— Ne parle pas de ces gens-là !

— Il le faut bien, mordieu ! pour se garer d'eux. L'avertissement était sérieux.

Hakumboulba le jugea opportun, car, sans répondre, il mangeait lentement, d'une façon réfléchie, tout en servant attentivement Nénette impassible.

Fosco était passé à la cuisine.

Il reparut, apportant un nouveau plat.

— Après tout, concéda le maître, tu as peut-être raison.

— Sûrement raison.

— Je ne donnerai pas de séance ce soir.

— Ni demain...

— Quoi ?

— Ni les jours suivants !

— Hein ?... Ça veut dire...

— Qu'il faut plier bagages et mettre la clef sous la porte. Il est urgent de changer d'air... Celui de la capitale ne nous vaut plus rien, je le sens.

— Alors, les frais avancés, le travail commencé ?

— Rien ne compte que la liberté, dans la vie... Or, on risque la prison, tout simplement.

D'un coup d'œil significatif, l'accessoiriste désigna Nénette-Lodoïska, qui continuait son repas, étrangère à tout ce qui se disait et se faisait autour d'elle.

Hakumboulba tressaillit.

C'est vrai, tout de même, qu'il jouait gros jeu, en ce moment.

Au lieu de se montrer, de s'exhiber, mieux vaudrait pour lui se cacher.

Il le sentait bien.

Mais les exigences du métier, la lutte pour la vie ?

Il frappa du poing sur la table.

— N'importe ! dit-il, j'irai là-bas ce soir.

— Quoi faire ?

— Voir ce qui se passe... retirer divers objets...

— Et vous faire coffrer ! Eh bien, allez-y si vous voulez, si vous tenez absolument à vous fourrer dans la gueule du loup... mais vous y irez seul... sans moi. Vous êtes libre de vous perdre ; moi, je me gare.

— Mais songe donc ! C'est au moment où j'ai mis la main sur un pareil sujet qu'il faudrait renoncer aux bénéfices énormes que j'entrevois ?

— Non pas.

— Alors ?

— Ces bénéfices, vous n'êtes pas obligé de les réaliser à l'endroit précis où doit vous guetter l'œil de la police... Il y a encore d'autres coins à explorer.

— Peuh ! la province...

— Pourquoi pas ? Et l'étranger ?

— On verra ! déclara Hakumboulba, qui semblait excédé de l'insistance de Fosco.

D'ailleurs, à ce moment précis, on frappait à la porte.


## VI

### LA BALLE FATALE

L'accessoiriste tressaillit.

Hakumboulba devint plus grave et plus pâle.

Seule, Lodoïska demeura impassible et continua tranquillement son repas.

Les gens dont la vie n'est pas nette ont l'inquiétude facile. Ils tremblent pour un oui et pour un non. Une ombre, un rien, tout leur donne la fièvre. Quand on sonne à leur porte, ils pensent tout de suite à la police, et se demandent si on ne vient pas les arrêter.

On frappa de nouveau, plus fort que la première fois.

— Qui est là ? interrogea le magnétiseur.

— Aurélien.

Le calme reparut sur les deux visages tourmentés. Fosco alla ouvrir.

C'était, en effet, Richardier, suivi d'un homme qui s'avança en boitillant, et qui n'était autre que le Bancal, le chauffeur du taxi mystérieux que nous avons vu transporter Nénette, avec son ravisseur, de la rue du Pas-de-la-Mule à la rue du Lunain.

Aurélien paraissait sombre.

Il fit signe à Hakumboulba d'éloigner son sujet pour la conversation qui allait suivre.

Quand ce fut fait, Richardier s'adressa au magnétiseur, avec fort peu de ménagements.

— Vous m'avez joué un sale tour !

— Expliquez-vous... répondit l'autre, un peu estomaqué par ce début brutal.

Pour toute réponse, Aurélien Richardier jeta sur la table un billet de cinquante francs.

— Voilà ce que vous m'avez donné ! rugit-il.

— Oui, avec deux autres, pour solde de compte... Qu'est-ce qu'il y a ?

— Il y a que vous m'avez volé !

— Moi ?

— Vous !... Votre billet est faux.

Hakumboulba saisit le billet de banque d'une main nerveuse et l'examina.

— Je vous prie de croire, fit-il avec aigreur, que ce n'est pas moi qui l'ai fabriqué !

— Je n'en sais rien !

— Mesurez vos paroles... D'ailleurs, qui me prouve que ce billet est faux ?

— J'ai failli être arrêté tout à l'heure... et si je n'avais pas pu le remplacer séance tenante, j'étais arrêté... Moralité : un autre billet, s'il vous plaît, avec vingt francs en guise de dommages-intérêts.

Hakumboulba fit un signe de dénégation énergique.

— Non ! appuya-t-il.

— Vous refusez ?

— Je refuse.

— Pourquoi ?

— Parce que je ne sais pas du tout si le billet dont vous vous plaignez provient de moi.

— Ça, fit-il, je peux l'affirmer.

— Il faudrait prouver.

Le Bancal intervint :

— C'est facile... Quand Aurélien est parti pour votre rendez-vous au café près de l'église Saint-Eustache, il n'avait pas d'argent en poche...

— Ni ailleurs ! précisa Richardier.

— Depuis, il n'a donc eu que vos cent cinquante francs. La conclusion est nette.

Mais le magnétiseur affectait toujours de n'être pas convaincu.

— Tout cela ne prouve pas... fit-il.

— Alors, ma parole compte pour rien ?... gronda Aurélien Richardier.

— Oh ! votre parole... votre parole... ricana maître Hakumboulba.

Cette fois, Richardier se fâcha rouge.

— Prenez garde ! s'écria-t-il, menaçant.

— A quoi ?

— A moi !

— Peuh !

— Je vais vous dénoncer !

— Comme quoi, mon cher ?

— Comme voleur et séquestrateur !

— Allons donc... Personne ne vous croira...

— Pourquoi ?

— Parce que, pour dénoncer les autres, il faut être soi-même à l'abri de tout reproche...

— Ce qui veut dire ?

— Il faudra vous faire connaître, monsieur l'accusateur, et fournir des pièces d'identité... Or, lorsqu'on saura que vous êtes un forçat évadé...

— Tant pis ! on me repincera... mais je vous aurai, moi, et on saura alors autre chose aussi...

— Quoi donc, s'il vous plaît ?

— Que maître Hakumboulba n'est autre que le faux monnayeur Cordouan, condamné par contumace à dix ans de réclusion, en 1910, par la Cour d'assises de la Seine !

— Assez, misérable !

Le diapason de ce dialogue était monté à un ton extrêmement aigu.

Les deux antagonistes se défiaient du regard, le front congestionné, l'œil sanglant.

En vain Fosco d'une part, le Bancal de l'autre, essayaient-ils de les calmer...

Ils n'y parvenaient point.

Entre les deux adversaires, une nouvelle bordée d'invectives et d'injures se déchaîna.

— Canaille !

— Crapule !

— Bandit !

— Voleur !

— Faussaire !

— Galérien !

Ce dernier trait parut atteindre Aurélien Richardier au point le plus sensible.

Bien que désespérément retenu par Fosco, l'accessoiriste, le magnétiseur s'était avancé tout contre lui et, menaçant, les deux poings tendus, il allait le saisir à la gorge.

Richardier bondit de deux pas en arrière.

Sa main droite s'enfonça dans sa poche et en sortit, tenant un revolver.

A cette vue, le Bancal se réfugia dans un coin.

— Tiens ! cria Richardier, ivre de fureur.

Il déchargea son arme.

Le coup partit...

Mais Cordouan avait baissé la tête...

Un cri de douleur répondit à la détonation.

Attirée par le bruit et par l'éclat de la discussion, Nénette venait d'apparaître sur la porte de la chambre voisine.

Frappée par la balle destinée à Cordouan, elle tomba, tandis que Richardier et son compagnon prenaient la fuite...

FIN DE LA DEUXIÈME PARTIE.

# TROISIÈME PARTIE

# RETROUVÉE !

## I

### RINTINTIN PROGRESSE...

M. et M<sup>me</sup> Laversine pleuraient toujours leur fille disparue.

On était dans la première quinzaine de juin.

Il y avait donc bientôt deux mois que la chère fillette avait été enlevée à leur tendresse.

Et depuis, aucun indice, rien !

Quelle douleur pour les pauvres parents !

L'âme de la maison s'était pour ainsi dire envolée.

Pourtant, la vie commerciale continuait dans les bureaux et magasins de la place de la Bourse.

Les ordres et les commandes se transmettaient comme l'habitude ; le train train ordinaire n'avait pas changé, en apparence du moins.

Mais toute gaieté était bannie désormais de ce milieu si actif...

Les ouvrières ne chantaient plus et les employés mettaient leur mine à l'unisson de celle de M. Laversine, toujours soucieux, incurablement navré.

Quant à M^me Laversine, son chagrin était plus grand qu'au premier jour, car, loin de s'atténuer, il se ravivait, au contraire, ensuite d'espérances régulièrement déçues.

La pauvre mère avait eu un premier espoir lors de l'incident du passage Verdeau.

On s'était flatté de retrouver vite maître Hakumboulba et sa victime.

Il n'en fut rien.

Et puis, d'autres coups furent portés à la douleur maternelle de Véronique.

Il existe, à Paris comme ailleurs, d'impudents exploiteurs des douleurs les plus respectables.

Ces individus se tiennent au courant des drames de famille révélés à leur attention.

Ils sont aux aguets, à l'affût, sur la piste...

S'agit-il d'une disparition comme celle de Nénette, ils se présentent, disant savoir quelque chose et se prétendent capables de contribuer aux recherches, se faisant même forts d'arriver au succès.

Ils mentent, inventent des faits, pour susciter des espérances qui se montreront généreuses.

M^me Laversine n'avait point échappé à cette détestable engeance.

Toujours crédule, elle s'était fait extorquer beaucoup d'argent, pour retomber de plus haut dans la réalité cruelle.

Aussi, maintenant désabusée, elle ne voulait plus recevoir personne.

Sa désolation la minait.

Elle ne consentait qu'à voir Rintintin, pour lui faire répéter, la centième fois peut-être, les incidents qui avaient marqué son intervention au théâtre du passage Verdeau.

C'étaient toujours les mêmes questions...

C'étaient toujours les mêmes réponses.

— Dis-moi, Célestin, es-tu sûr de ne pas t'être trompé ?

— Tout à fait sûr... Il n'y avait pas d'erreur possible. Je connais ma cousine, je suppose !

— Évidemment, évidemment... mais on peut être dupe d'une illusion.

— Pas à ce point-là.

— Alors, cette Lodoïska, c'était bien Nénette ?

— Sans aucun doute.

— Mon Dieu ! tu es passé si près d'elle... Tu n'avais qu'à allonger la main pour nous la ramener !

— Oui, si on m'avait laissé faire ! Mais tout le monde s'est ingénié à me contrecarrer...

— C'est vrai !

— Vous avez bien vu ce qui m'est arrivé au bureau du commissaire, n'est-ce pas ?

— Pauvre garçon !

— J'ai été copieusement passé à tabac, et un peu plus on m'arrêtait !

— Quelle injustice !

— Mais patience ! On retrouvera Nénette...

— Si elle vit encore, seulement...

— Ayez donc confiance comme moi. En annonçant les malheurs, on les fait arriver ; tandis qu'en affirmant le contraire, on les fait avorter... Je suis sûr que Nénette vous sera rendue, et j'ai l'ambition d'y contribuer.

— Si tu réussis dans cette tâche, mon ami...

— Eh bien ?...

— Véronique ne sera pas ingrate, je te le promets !

— Je ne demande rien, que votre bonheur et le salut de ma cousine.

— Tu es un brave garçon, je le sais ; tu me réconfortes. Je te remercie.

De fait, la situation de Rintintin dans la maison de la famille Laversine s'était notablement améliorée depuis que Théodore avait appris son intervention au théâtre, Hakumboulba — et son attitude courageuse — tenant tête à une foule imbécile et furieuse — au commissariat de police de la rue Grange-Batelière.

M. Laversine avait, de ce jour, conçu une estime particulière pour Célestin.

Celui-ci était sorti de son rôle effacé. On lui confiait maintenant des fonctions importantes : de gros règlements de comptes, des visites aux clients de marque, la surveillance des livraisons.

De modeste employé, il devenait un véritable collaborateur pour M. Laversine.

En même temps qu'augmentaient ses attributions et son prestige, ses émoluments, plutôt modestes au début, suivaient une marche ascendante.

Ses goûts aussi.

Célestin s'habillait à présent comme doit s'habiller un employé à quatre cents francs par mois.

— Il faut que tu sois bien mis, lui avait recommandé Théodore. Ça inspire confiance à la clientèle.

Et Célestin était allé se faire un complet chez le propre tailleur de M. Laversine, lequel avait paru très flatté de ce choix et y avait applaudi.

Bref, Rintintin était en passe de devenir un personnage à la maison de la place de la Bourse.

Il avait conquis l'estime et la confiance. Et, aidé par les circonstances, il acquérait chaque jour plus de sûreté de lui-même, plus d'allant.

L'affection subitement témoignée par les parents de Jeannette lui était un précieux secours moral, un auxiliaire décisif pour s'élever lui-même.

Et à quoi devait-il cela ?

A ce qu'il avait essayé de faire pour la pauvre Nénette, et dont M. et M^me Laversine lui demeuraient profondément reconnaissants.

Son dévouement et son amour recevaient là leur première récompense.

## II

### A L'HÔPITAL

— Eh bien, docteur ?

Cette question était posée par une infirmière de l'hôpital Beaujon à un médecin qui venait de sonder la plaie d'une blessée amenée vers le soir.

— Je ne puis me prononcer encore...

Cette blessée avait été transférée à l'hôpital par deux inconnus, en voiture.

Ils l'avaient descendue et portée jusque sur les degrés du vestibule d'entrée.

Une fois déposée là, ils étaient retournés à la voiture en disant au concierge :

— Nous allons apporter ses effets...

Mais c'était une feinte.

Tous deux remontèrent en voiture... et fouette, cocher !...

Le départ avait été si rapide que le concierge, interloqué, ne put déchiffrer le numéro du fiacre, un véhicule de l'Urbaine.

La blessée était sans connaissance.

On la transporta aussitôt dans le service convenable, et c'est là, précisément, que le médecin de jour s'occupait d'elle, sous les yeux compatissants de l'infirmière.

Ce docteur, attentif et silencieux, poursuivait méthodiquement le sondage de la plaie.

Cette plaie s'ouvrait à hauteur de l'épaule gauche.

Il s'agissait de savoir quelle était la nature de la balle qui, visiblement, l'avait produite, et si cette balle ne s'acheminait pas vers le poumon ou vers le cœur.

Le sondage était difficile...

Le médecin y apportait toute sa délicatesse...

Et cependant, parfois, sans reprendre connaissance, la blessée tressaillait sous la douleur.

On voyait ses lèvres se contracter, comme si elles allaient crier la souffrance.

Le docteur se releva.

— Eh bien ? questionna encore l'infirmière.

— Je crois pouvoir affirmer, répondit-il à cette interrogation, qu'aucun organe essentiel n'a été atteint par le coup, ni aucune région vitale.

— Tant mieux !... dit l'infirmière.

Et, se penchant à son tour vers la blessée :

— Elle est fort bien, cette jeune personne, et d'une distinction de bon aloi.

— Certainement.

— Elle doit appartenir à un milieu social élevé... Et peut-être, à présent, sa famille la recherche-t-elle.

— Qui sait ?

— Des larmes... du sang... de l'amour peut-être !

— La justice éclaircira tout cela, affirma le médecin. Notre rôle à nous est de tirer d'affaire cette malheureuse

A ce moment, la blessée donna des signes d'agitation sur sa couchette.

Ses mains remuèrent faiblement.

— Elle revient ! dit l'infirmière.

Sans mot dire, le médecin suivait les progrès de ce retour à la vie consciente.

Ils ne furent pas longs à se manifester.

D'abord le mouvement des mains s'accentua...

Puis, tout le corps parut traversé de secousses spasmodiques.

La respiration s'accéléra ; entre les lèvres desserrées, des soupirs passèrent...

Enfin, les paupières s'ouvrirent et les yeux se fixèrent sur le décor ambiant.

La blessée murmura :

— Je souffre !...

— Où souffrez-vous ?... interrogea le médecin en se penchant sur elle.

— Ici...

De la main droite, elle montra son épaule gauche labourée et meurtrie.

— A la tête? demanda le docteur.

— Non... rien là.

— Bon signe, dit le médecin à l'infirmière.

Il prit le poignet de la blessée.

— Le pouls n'est pas mauvais... Dès que l'état général le permettra, on extraira la balle. Il faut laisser tomber un peu la fièvre et attendre que la force de résistance soit revenue.

Sur ce, le médecin passa à un autre lit et s'occupa d'un autre malade...

L'infirmière demeura au chevet de la blessée, afin de s'occuper d'elle.

Elle considérait avec sympathie cette jolie fille aux cheveux blonds, aux yeux bleus.

Celle-ci demanda d'une voix faible :

— A boire !...

Quand la soif fut apaisée avec un peu d'orangeade, elle ferma les yeux et parut s'assoupir.

La direction de l'hôpital avait téléphoné à la Préfecture de Police.

Une enquête commençait...

Mais on ignorait les premiers éléments du drame.

## III

### COMPLICES

Après avoir transporté la jeune fille à l'hôpital
Beaujon, Hakumboulba et Fosco — car c'étaient eux
les occupants du fiacre — n'avaient plus qu'une pensée :

Fuir, quitter Paris.

En effet, le magnétiseur sentait le terrain manquer
sous ses pas.

Cette série d'incidents à la noire et de déveines suc-
cessives l'accablait.

Il était pris dans un courant qu'il lui serait impossible de remonter.

Toutefois, dans tous ses malheurs, il avait encore
eu une chance dont il pouvait s'estimer heureux :

Il aurait dû être tué par Richardier...

Et c'est Lodoïska qui était tombée à sa place.

— Ça, répétait-il, c'est de la veine, mon vieux Fosco.

L'accessoiriste hochait la tête, fort peu convaincu
de la durée possible de cette veine-là.

— Autre chance ! poursuivait Hakumboulba, il
n'avait qu'à récidiver et m'atteindre.

— Il a préféré prendre la fuite... et nous ferions
bien d'en faire autant.

— Je n'ose plus rentrer chez moi, mon pauvre
Fosco.

— Eh ! qui parle de cela ?

— Imbécile !... Le peu d'argent que je possède
— et il n'y en a pas lourd — est dans mon secrétaire.
J'y ai aussi des lettres, des papiers qui ne regardent

que moi seul et où je serais très fâché qu'un autre
mît le nez.

— Eh bien ! allons-y... et partons après.

— Y aller ! aller !... Et si je trouve la police chez
moi, voyons, Fosco ?

— Pourquoi voulez-vous que la police...

— Parce que... est-ce que je sais, moi ?... J'ai peur
de tout, à présent... Suppose qu'on ait entendu le
coup de feu de ce maudit Richardier, et qu'on ait
ensuite remarqué notre départ précautionneux...

— Maître, vous avez peur de votre ombre.

— Tu en parles à ton aise, toi... Si tu avais dans
ton passé toutes mes histoires...

— Je sais... je sais..., fit l'accessoiriste d'un air entendu.

— Que sais-tu ?

— Je sais qu'il existait autrefois, de par le monde,
un forçat évadé nommé Cordouan, qui avait été condamné pour émission de fausse monnaie et de faux
billets de banque...

Hakumboulba souriait.

— Ensuite ? fit-il.

— Oui, faux billets de banque... et il n'est pas prouvé
que ce n'est point de ceux-là, précisément, qu'avait
touchés l'autre jour Aurélien Richardier...

— Tu crois ? ricana le magnétiseur.

— Toutes les suppositions sont permises.

— Continue, tu m'intéresses...

— Je sais aussi que le forçat en rupture de ban
qui s'appelait autrefois Cordouan se nomme aujour-
d'hui maître Hakumboulba.

— Allons, tu es bien renseigné...

— Je sais encore...

— Ça suffit... Moi également, je pourrais bien te
raconter une histoire.

— Laquelle ?

— Oui, une histoire à la façon du Petit Poucet...

Ecoute : Il était une fois un bandit corse qui avait
dû prendre le maquis après avoir tué son voisin.

— Assez, maître ! supplia l'accessoiriste.

— Ah ! tu trouves que cette histoire manque d'intérêt ? Il est vrai que tu dois la connaître, puisque c'est
la tienne.

— Ne remuons pas ces vieux souvenirs !

— Tu remuais complaisamment les miens, il n'y a
qu'un instant.

— Vous m'y encouragiez...

— Pour te montrer que je ne te crains pas, Fosco !
Je te connais comme une langue de vipère... Tu es
accessible à la peur et à l'argent... Mais si tu as le
malheur de parler, tu apprendras à tes dépens que je
pourrai parler, moi aussi, et que je suis armé — et
bien armé ! — vis-à-vis de toi !

La voix de maître Hakumboulba s'était faite rude
et menaçante.

Fosco courba la tête.

Il était dominé, vaincu.

Et pourtant, l'ex-forçat n'avait pas employé les
moyens dont il se servait d'ordinaire.

Il s'était borné à évoquer un souvenir.

Mais quel souvenir !...

*<br>* *

Après s'être jeté mutuellement leur passé à la tête,
les deux complices actuels éprouvèrent le besoin de
faire l'union.

L'union devant le péril.

Car la situation était sérieuse.

Certainement, à l'heure présente, la police devait
rechercher le faux Hakumboulba.

L'enquête qui ne pouvait manquer d'être faite éta-
blirait la connexité de ces trois affaires :

Le rapt de Jeanne Laversine.

Sa séquestration.

Sa blessure...

Et cette blessure, comment allait-elle tourner ?

De cela, maintenant, le magnétiseur ressentait une certaine inquiétude.

Il existait là, contre lui, un triple faisceau de charges dont la dernière — si la victime venait à mourir — serait écrasante pour lui-même...

Assassinat ou meurtre...

Voilà le dilemme dans lequel il serait enfermé.

Car Aurélien Richardier était un gaillard assez habile pour se tirer d'affaire, en éloignant de lui toute présomption concernant un fait qui n'avait pas eu de témoins.

Si jamais on apprenait que le drame s'était déroulé chez Cordouan, c'est lui qui serait accusé.

Avec un passé chargé comme le sien, il aurait de la peine à se défendre.

Aussi, que faire ?

Les deux complices décidèrent d'attendre le milieu de la nuit pour pénétrer dans le domicile de l'avenue de la République, et y prendre ce qui importait à Cordouan.

On serait prudent...

On aurait l'œil !


## IV

### LE PÈRE ET LA MÈRE


La nouvelle de l'arrivée à l'hôpital Beaujon de cette blessée inconnue était une chose trop banale — et trop fréquente aussi à Paris — pour occuper une place importante dans la rubrique des *faits divers* sensationnels.

Les journaux l'avaient annoncée dans leurs *Nouvelles en trois lignes*, ou en deux mots.

Elle était donc passée complètement inaperçue de la famille Laversine.

Ici, la même tristesse continuait à régner.

Quinze jours bientôt s'étaient écoulés depuis la disparition de Nénette.

Quinze jours!

Il semblait à M⁰ Laversine qu'il y eût quinze mois déjà... et même plus.

La pauvre mère ne se remettait pas du coup que lui avait porté Hakumbeulba, par l'entremise sournoise du nommé Aurélien Richandier.

Elle dépérissait à vue d'œil.

Le jour elle pleurait.

La nuit, le sommeil fuyait ses paupières rougies.

Elle avait perdu tout appétit.

De fait, elle n'était plus que l'ombre d'elle-même.

En vain, M. Laversine restait la plus grande partie de la journée auprès d'elle, ne descendant au bureau qu'aux heures absolument obligatoires, et pour des choses indispensables, comme la signature du courrier...

En vain essayait-il de la consoler, de la distraire de son chagrin, à force d'affection et de tendresse... à force de bonté et de présence réelle...

Il n'y parvenait point.

C'était désolant!

M⁰⁰ Laversine se rendait compte de l'ennui qu'elle causait à son mari.

Elle voulait réagir.

— Descends, mon ami, disait-elle. Il ne faut pas t'occuper de moi à ce point.

— Tant que tu n'auras pas repris le dessus, ma pauvre chère, je ne te quitterai pas.

— Mais cela va mieux... je me résigne.

— Cette nuit encore tu n'as pas fermé l'œil... Ce matin, tu as mauvaise mine... tu as pleuré encore pendant que j'étais en bas... Et à midi, tu ne mangeras rien.

— Je te promets que si.

— A quoi bon ?... Tu ne pourras pas, et tant que tu seras ainsi, mon devoir est de vivre à tes côtés.

— Merci, mon ami.

— Mon devoir... et aussi ma joie.

— Tu es bon !

— Je dis : ma joie, parce que j'espère bien arriver à te réconcilier avec l'existence ; c'est, en effet, le seul bonheur que je veuille ambitionner à présent.

— Voyons, sois franc, Théodore.

— Que vas-tu me demander, Véronique ?

— Cette question que je te pose chaque jour dix fois, vingt fois, trente fois, je veux te la poser de nouveau... Espères-tu encore que nous reverrons Nénette ?

— Si je l'espère ?...

— Oui...

— J'en suis convaincu !

— J'ai besoin de te l'entendre dire, vois-tu... Cela me réconforte un peu...

— Espère donc comme moi, ma pauvre petite chérie !

Alors, c'étaient de nouvelles larmes, M. Lavrssine obtenait un résultat diamétralement opposé à celui qu'il recherchait.

Mais qu'y faire ?

Au fond, il n'était pas aussi fermement convaincu que cela de la possibilité de revoir sa fille.

Lui aussi se sentait parfois découragé...

Et l'assurance qu'il manifestait devant Véronique n'était qu'une attitude.

Pouvait-il en adopter une autre ?

Non...

Il est des cas où le mensonge est un pieux devoir.

Et la pauvre mère éprouvait un tel besoin de secours moral qu'il n'avait pas le choix des moyens.

A mesure que les jours passaient, il donnait plus encore de son temps à M^me Laversine.

Doucement, elle le lui reprochait...

— Théodore, tu négliges tes affaires à cause de moi.

— Mais non...

— Je vois bien que si... Auparavant, tu pouvais à peine me donner quelques minutes par jour...

— Et maintenant, j'ai une grande heure de liberté à te consacrer, pendant qu'on prépare le courrier.

— Qui le prépare ?

— Célestin...

— Ah ! le brave petit ! Il t'évite bien du travail...

— Et des soucis, des préoccupations... Tous ces cassements de tête d'autrefois, c'est lui qui en a hérité pour les commandes, les visites aux clients, les expéditions, la correspondance...

— Vraiment ?

— Il devient universel, ce garçon-là !

— Et dire que nous l'avions méconnu ! soupira M^me Laversine.

— C'est vrai. On ne l'appréciait pas à sa juste valeur.

— Aussi bien, il n'avait pas encore donné sa mesure, reprit Véronique... Moi, j'ai commencé à le juger après l'affaire du théâtre du passage Verdeau.

— Ah oui ! il a été courageux et débrouillard.

— Et on a pu voir alors à quel point il nous est attaché, ce bon Rintintin.

— C'est pour nous qu'il a fait cela.

— Autant que pour Nénette... Et même, mon ami, je me demande parfois...

M^me Laversine s'arrêta, comme au seuil d'un aveu difficile à formuler.

Son mari la regarda d'un œil interrogateur.

— Que te demandes-tu, ma bonne ?

— Si Rintintin n'aimerait pas Nénette...

— Ah !... possible, après tout.

— C'est un garçon délicat et timide... très réservé... très discret... Oui, il doit l'aimer, secrètement, sans oser l'avouer à personne ni peut-être se l'avouer à lui-même... Je crois connaître sa nature.

— Qui sait ? fit Théodore, songeur.

— D'ailleurs, poursuivit Véronique, quand je me rappelle certaines choses, je ne pense pas me tromper.

— Quelles choses ?

— L'attitude de Rintintin quand Nénette venait passer son dimanche à la maison... son entrain un peu fébrile la veille... sa joie le lendemain dès le matin. Ne l'as-tu pas entendu chanter ?

— Si fait !

— Lui qui est plutôt taciturne...

— Ma foi, oui...

— Et à table, ses attentions respectueuses pour la petite, la tendresse de ses regards... ses yeux de chien qui contemple son maître... ses rougeurs subites aussi...

— Pour un oui et pour un non... En effet, chère amie, je me souviens, maintenant.

— N'est-ce pas ?

— C'est clair !... Et nous n'avions rien vu !

— Parce que nous étions comme beaucoup de parents, comme trop de parents...

— Des aveugles !

— Nous avons été coupables... Nous aurions dû deviner le cœur de ces enfants.

Sur ces mots, Véronique s'attendrit.

Elle essuya ses yeux humides.

— Et Nénette, reprit-elle, penses-tu qu'elle ait remarqué les sentiments de Rintintin ?

M. Laversine ne répondit pas.

Il suivait, sur le visage de sa femme, les phases de l'émotion qui l'agitait.

Un bouleversement progressif se gravait sur les traits de M<sup>me</sup> Laversine.

Toutes ces choses évoquées la remuaient...

Pauvre femme!...

## V

## ELLE?...

Dans de telles conditions, la vie était lourde à Véronique.

Son état de santé devenait des plus précaires.

Alarmé, M. Laversine parla de consulter un médecin.

Véronique s'y opposa.

Elle n'était pas malade... elle n'avait rien qu'un peu de lassitude morale et physique.

Quoi d'étonnant à cela?

Le contraire eût été surprenant.

Non, ce n'était pas le médecin qu'il lui fallait, ni les remèdes.

C'était le retour de sa fille, de sa Nénette adorée dont le sort inconnu l'effrayait.

Devant l'obstination de sa femme à ne pas se faire soigner, M. Laversine n'insista point.

Évidemment, il connaissait la cause de tous ces troubles profonds.

Cette cause disparaissant, les effets cesseraient.

Mais comment la faire disparaître?

Le malheureux père multipliait encore les recherches; il promettait des primes magnifiques à qui lui ferait retrouver son enfant perdue... morte peut-être.

Oui morte... qui sait ?

Et dans ce cas il aurait du moins désiré ravoir son corps pour pouvoir prier sur sa tombe.

Mais non... Il chassait cette idée funèbre... Il voulait espérer encore !...

Sur ces entrefaites l'état de M^me Laversine s'aggravait à vue d'œil.

Cette fois, ne prenant conseil que de sa conscience alarmée, Théodore fit venir le médecin.

C'était un praticien de grande valeur que lui avait indiqué un de ses amis.

Le docteur Mistokel vint donc.

Il examina Véronique avec une bienveillance attentive prescrivit une ordonnance et se retira, promettant de revenir la semaine suivante, pour se rendre compte des effets de sa médication.

En s'en allant, il fut arrêté, au bas de l'escalier, par un jeune homme qui lui dit :

— Monsieur le docteur, excusez-moi de vous aborder ainsi, mais je n'aurais osé le faire chez M^me Laversine (dont je suis le cousin), de peur d'être entendu d'elle, car je crains que son état ne soit plus grave qu'on ne le pense... et c'est précisément sur cet état que je désirerais vous interroger.

Le docteur Mistokel, surpris, regardait Rintintin.

Il hésitait, ne sachant s'il devait répondre à une question peut-être indiscrète.

Célestin lut, dans son regard, ce qui se passait en lui.

— Ne craignez rien, monsieur le docteur, dit-il. Ma demande est justifiée par la très vive affection que je porte à M. et M^me Laversine, et qu'ils me rendent.

Convaincu cette fois par le ton de sincérité du jeune homme, — qui était venu, d'ailleurs, le chercher

— ... ? — M. Mistolel voulut bien répondre à sa question.

— Mon jeune ami, dit-il, rien n'est perdu encore.
Il faut espérer mieux.

— Nous sommes en présence d'un état moral qui a
répercussion sur l'état physique. Si l'état moral
s'améliore, la guérison de votre cousine sera très
prompte, je vous en réponds.

— Merci, monsieur. Vous me rassurez un peu. Il
ne faut pas se désespérer complètement?

— Il ne faut jamais désespérer... et si vous pouvez
quelque élément agir dans le sens que je vous in-
dique, c'est-à-dire sur l'état moral, le résultat sera
certain.

Il se souleva pour insinuer...

Il pensait à Nénette.

— ... elle a disparue...

Nénette, dont l'absence tuait sa mère.

Le docteur lui tendit la main.

— Au revoir, monsieur. Je reviendrai, mais je ne
puis rester plus longtemps aujourd'hui. Je retourne
l'hôpital, où mon service m'attend.

— Quel hôpital, docteur?

— Pardon... Il y a, en particulier, un cas très curieux qui m'intéresse et me passionne. C'est une
jeune fille qu'on nous a été amenée, blessée, par des
inconnus et qui, jusqu'à présent, n'a pour ainsi dire
retrouvé l'usage de la parole.

— Très curieux, en effet! convint le jeune homme,
accompagnant le médecin jusqu'à sa voiture.

— Cette jeune fille est comme paralysée mentale-
ment, comme si elle avait été hypnotisée.

— Par exemple!

— À toutes les questions concernant son nom, son
âge, sa famille, elle ne répond rien. Seuls s'échap-
pent de ses lèvres ces deux mots constamment répé-
tés: « Ma mère! »

— C'est tout ce que l'on a pu obtenir d'elle ?
— Tout.
— Sa blessure ?
— A peu près guérie. C'était un coup de revolver qui l'avait atteinte à l'épaule et a bien failli la tuer.

Rintintin écoutait ces détails avec un intérêt étrange qui semblait croître de seconde en seconde.

Quelle pensée mystérieuse venait de germer en son cerveau, soudainement ?

Quelle association d'idées naissait en lui, à mesure que parlait le médecin ?

Toujours est-il qu'il s'animait, en l'écoutant, comme il eût écouté le messie...

Tout à coup, il demanda :

— Docteur, comment est cette jeune fille ?
— Grande, jolie...
— Blonde ?
— Oui...
— Des yeux bleus ?
— C'est cela...
— Un petit signe noir à la commissure des lèvres, sur le côté gauche ?
— En effet... Mais, continua le médecin, stupéfait, vous la connaissez donc ?
— Oui... répondit Rintintin d'une voix tremblante d'émotion... Oui, je crois la connaître... Et si c'est bien celle que je crois, vous aurez plus fait, pour la guérison de Mⁿᵉ Laversine, en me parlant d'elle qu'avec toutes vos ordonnances et avec tous vos remèdes, cela dit sans vouloir vous offenser, monsieur.
— Mais enfin, expliquez-moi ! supplia le docteur, à son tour très surpris...

Rintintin ne répondit pas.

Il prenait dans sa poche un portefeuille et il en extrayait une photographie.

— Regardez, monsieur...

Le médecin jeta les yeux sur la photo-carte.

Il s'écria aussitôt :

— Mais c'est elle !

— Oui, elle ?... Veuillez préciser, je vous en prie ! J'ai tellement crainte d'une erreur à cette heure si grave...

— C'est ma blessée de Beaujon...

Rintintin n'en écouta pas davantage.

Quittant comme un fou le docteur Mistokel, il s'élança dans l'escalier de la maison et le gravit quatre à quatre jusqu'au palier du premier étage.

Mais, arrivé là, il s'arrêta soudain, comme s'il se ravisait.

Il semblait hésiter.

Après quelques secondes de réflexion, il redescendit, et, revenant auprès du médecin qui, le croyant parti, se disposait à s'en aller à son tour, il lui dit :

— Monsieur, je courais prévenir M. et Mme Laversine que leur fille, disparue depuis quinze jours, est retrouvée... et sur ce, vous comprendrez mieux mes paroles de tout à l'heure.

— Quoi ! Ce serait ?...

— La jeune blessée de l'hôpital Beaujon.

— Mais alors, tout est pour le mieux !

— Sans doute, et vous m'en voyez bien, bien heureux, monsieur le docteur... Seulement...

— Seulement ?

— S'il y avait erreur, par hasard... Si vous étiez abusé par une ressemblance avec le portrait que je viens de vous montrer ?... Tout est possible, n'est-ce pas ?

— Vous avez raison.

— Alors, ce serait terrible... Cette désillusion porterait à Mme Laversine un coup cruel qui l'achèverait...

— Ce serait grave, évidemment.

— Aussi, j'estime préférable de me taire encore...

— Oui, appuya le médecin.

— Mieux vaut retarder d'une heure la joie de cette

pauvre mère et que cette joie soit assurée, certaine, sans crainte de démenti par la suite.

— Il vaut mieux, en effet, surseoir à votre révélation.

— Que me conseillez-vous, docteur ?

— Voir par vos yeux.

— Oui, mais le plus tôt possible !

— Certainement.

— Beaujon est fermé à cette heure aux visites.

— Les portes s'en ouvriront pour moi. Justement, je vais à l'hôpital, où je devrais être déjà si vous ne m'aviez retenu ici, ce que je me garde bien de vous reprocher ! ajouta M. Mistokel avec un sourire... Montez dans ma voiture... Avant dix minutes, vous serez fixé.

— Oh ! monsieur le docteur, merci !

Il avait proféré ces mots avec une indicible expression de gratitude.

Vite, Célestin prit place dans la voiture, aux côtés du docteur Mistokel.

En route, il questionna le médecin sur l'état de la blessée et fut heureux d'apprendre qu'il était tout à fait satisfaisant.

Comme il allait avec joie vers cet hôpital où ses pressentiments lui disaient que sa démarche serait féconde et qu'il réussirait !

Mais il sentait aussi une pointe d'inquiétude lui torturer le cœur...

Si le médecin s'était trompé ?

Si ce n'était pas elle ?

# VI

## LA BONNE SOIRÉE

Dans la vaste salle, une longue file de lits de fer
s'aligne.

La plupart ont leurs rideaux blancs fermés...

Et là, comme dans une alcôve bien close, les ma-
lades reposent en paix...

La souffrance goûte la trêve du sommeil.

Le jour est tombé.

La nuit est venue...

La vaste salle est éclairée, faiblement, par des
lampes aux lumières tamisées...

A la suite du docteur, Rintintin y pénètre...

Il est très ému...

Son pas impatient voudrait précéder le médecin.

Mais pour aller où... vers laquelle de ces couches ?

Le médecin traverse la salle presque dans toute sa
longueur...

Enfin, il s'arrête devant un lit portant le n° 18...

Là, il fait signe à Célestin de ne faire aucun bruit,
et il écoute, la tête penchée...

— Elle dort... murmure-t-il en entendant la respiration régulière qui frappe son oreille...

Alors, d'un geste, il appelle une infirmière qui, vi-
gilante, s'approche aussitôt...

Il lui glisse un mot. L'infirmière, de ses doigts ha-
biles à cette manœuvre fréquente, écarte les rideaux
doucement, légèrement, sans bruit.

Rintintin s'avance...

La faible lueur ambiante éclaire un visage qu'il

connaît bien... et qui lui paraît charmant, comme toujours, dans cette pénombre.

Un cri monte de son cœur à ses lèvres :

— Nénette !

Mais ce cri, il le comprime, il l'étouffe pour ne pas
rompre le silence, ni briser ce sommeil d'enfant.

C'est elle !...

Oui, c'est elle...

Plus de doute, à présent.

Il la contemple, radieux, ravi, une flamme aux yeux,
un tremblement aux lèvres.

C'est elle, sa bien-aimée...

Il écoute le bruit léger, presque imperceptible, de
son souffle.

Il est suprêmement heureux !

Et combien heureux aussi vont être, tout à l'heure,
ceux qui attendent là-bas !

Rintintin voudrait regarder, écouter encore, se gri-
ser de cette vision jolie et gracieuse dont il a été
privé si longtemps...

Mais le docteur a fait un nouveau signe.

L'infirmière referme les rideaux..

Le mirage s'évanouit.

*<br>* *

— Où est donc passé Célestin ?

Telle était la question que posait **M. Laversine**, en
parcourant ses bureaux.

Cette question, il l'avait déjà répétée quinze ou
vingt fois au moins.

Et de tous côtés on appelait :

— Rintintin ! Rintintin !

Cette situation aurait paru comique, n'eût été la
mine soucieuse de M. Laversine.

Car le pauvre homme était bien inquiet.

Et sans l'affection, à présent toute paternelle, qu'il
portait à son petit cousin, il l'aurait volontiers en-

que à tous les diables pour ne pas se trouver là au
moment où il avait besoin de lui.

Un besoin urgent, même...

En effet, M<sup>me</sup> Laversine venait d'être prise d'une
crise assez grave — plus grave, en tous cas, que toutes
les autres — peu après le départ du docteur Mistokel.

Théodore cherchait Célestin pour l'envoyer en toute
hâte rechercher le médecin.

Il aurait fallu le ramener au plus vite...

Et Célestin n'était pas là !

Affolé, M. Laversine confia la mission à un commis
et remonta auprès de sa femme.

La pauvre créature allait très mal.

Elle souffrait beaucoup et se plaignait.

— Ma chère Véronique !... dit Théodore en l'en-
tourant de ses bras avec tendresse.

Cela lui fendait le cœur de la voir ainsi.

Il aurait tout donné pour pouvoir la soulager, la
compagne aimée de toute sa vie laborieuse et probe,
et son impuissance absolue le désolait, le déchirait.

— Tu souffres ?... demanda-t-il, la voix tout alté-
rée d'émotion.

— Oui...

— Patience ! J'ai fait rappeler le médecin.

— Il ne pourra rien pour moi ! murmura la malade avec amertume... Oh ! je voudrais mourir !

— Ne dis pas cela !... s'écria-t-il, tremblant d'un
effroi superstitieux.

— Pourquoi cacher mon désir ? Qu'ai-je à faire
présent sur cette terre ?

— Tu guériras !

— J'ai perdu la santé, j'ai perdu mon en... A
quoi bon vivre ?

— Et moi, alors, est-ce que je ne compte pl... ? fit
Théodore, sur un ton de doux reproche.

— Mais, mon pauvre ami, je vais devenir pour toi
une gêne, une charge de tous les instants.

— Oh !... protesta-t-il, navré.

— Il vaut mieux que je m'en aille... Je ne souffrirai plus, je n'ennuierai plus personne.

M. Laversine n'osait pas se révolter contre cette âpreté de la malade.

Âpreté injuste qu'il fallait attribuer à son état de dépression et d'énervement.

Mais il en ressentait cruellement les effets.

Des larmes montèrent à ses yeux, qu'il étouffa en poussant un soupir.

Véronique s'en aperçut.

Elle en fut émue jusqu'au fond de l'âme.

— Pardon ! supplia-t-elle en saisissant les mains de son mari... Pardon !

Alors, lui, attendri, la consola avec douceur, avec des câlineries, comme on console un petit enfant.

Soudain, il tressaillit.

Un bruit de voix venait du vestibule.

Louise, la bonne, parlementait avec quelqu'un qui voulait entrer, ce à quoi elle s'opposait.

Ce quelqu'un clamait :

— Il faut que je voie à l'instant M. et Mme Laversine !

— Impossible... Madame est malade, répétait Louise avec un doux entêtement.

— Ce que j'ai à leur dire est de la plus haute importance.

— Madame est malade !

— Je le sais... mais je vous dis que...

— Madame est malade !

— Eh ! fichez-moi la paix, à la fin, triple buse !...

— M... me est...

— Ah... z ! J'entre malgré vous, à la fin !

— Mais c'est la voix de Rintintin ! s'écria Théodore. Qu'y a-t-il donc ?

Il courut ouvrir la porte.

Rintintin s'engouffra dans la chambre à coucher.

Il était pâle, agité, hors de lui.

— Qu'y a-t-il ? voulut répéter Théodore.

Il ne lui en laissa pas le temps.

— Retrouvée !... clama-t-il en agitant frénétiquement les mains et les bras.

— Hein ? fit Théodore, abasourdi.

— Que dit-il ? murmura Véronique en se dressant sur son coude.

Et tous deux échangèrent un regard qui signifiait :

— Le pauvre garçon est fou !

Mais lui, plus posément, continuait :

— Je dis que Nénette est retrouvée !

— Par qui ? interrogea Théodore, haletant.

— Par moi.

— Où est-elle ? questionna Véronique, qui semblait galvanisée et revenue à la santé.

— A l'hôpital Beaujon... Mais je vous expliquerai en route... Venez, monsieur Laversine, venez !

— Quelle émotion !

— Emotion salutaire pour Véronique, qui parlait déjà de se joindre à eux.

On calma son impatience...

Il ne fallait pas commettre d'imprudences maintenant, sous peine de compromettre sa guérison.

*<br>* *

Un quart d'heure après, Nénette était dans les bras de son père, et mêlait ses larmes aux siennes.

Car à elle aussi le brusque revoir apportait une salutaire émotion.

Instantanément, elle recouvrait la parole, la mémoire, et se libérait de la servitude morale où l'avaient plongée les manœuvres occultes de maître Hakumboulba.

Et une heure plus tard, Nénette arrivait auprès de sa mère, qui ne pouvait croire à tant de bonheur.

Tout était à la joie dans la maison.

Immobile et souriant dans un coin, Rintintin contemplait, heureux, ce bonheur qu'il avait créé.

Nénette alla à lui.

— C'est lui qui m'a sauvée, dit-elle en lui prenant les mains dans les siennes... Aussi, je l'aime bien !

Personne ne s'étonna de cette parole.

Au contraire, Théodore et Véronique la ratifiaient de tout leur cœur.


## VII

### L'ARME RÉVÉLATRICE


Quelques jours après ces événements, Rintintin, revenant d'une course à la place Saint-Michel, flânait quelque peu sur les quais.

Ayant gagné du temps, il avait le loisir de rentrer sans se presser.

Et puis, il avait monté considérablement dans la hiérarchie de la maison de la place de la Bourse.

M. Laversine ne le considérait plus comme un simple employé.

Il l'élevait au rang d'associé et jouissait, de ce fait, d'une liberté appréciable.

On ne lui mesurait plus son temps, comme autrefois, au compte-gouttes.

Aussi en profitait-il un peu pour se détendre de sa longue sujétion.

Rintintin avait une âme de Parisien.

Il adorait muserder au soleil sur les quais, ou dans l'ombre des vieilles rues étroites.

Aux rives de la Seine, il se plaisait à fouiller aux étalages des bibelo[t]iers, par goût, et aussi dans l'espoir d'y découvrir quelque objet — vieux bijou ou médaille antique — qui ferait plaisir à Nénette.

Elle le remerciait, chaque fois, d'un si gentil sourire !

Et ses parents ne prenaient nullement ombrage de ces menus cadeaux.

Cet après-midi-là, Célestin venait de s'arrêter devant le déballage d'un armurier.

Non qu'il pensât trouver là quelque chose pour Nénette, mais quelque chose venait de lui tirer l'œil, comme on dit.

C'était un vieux revolver de forme et d'origine évidemment étrangères, et dont le damasquinage paraissait présenter une certaine valeur.

Il marchanda l'arme.

— Vingt francs.

Rintintin hésitait et continuait d'examiner l'arme.

— Méfiez-vous, monsieur, dit le marchand, ce revolver est chargé.

— Ah !

— Oui, encore cinq coups sur six... Cartouches de sept millimètres et demi.

Ces mots firent sur le jeune homme l'effet d'une révélation foudroyante.

Ils illuminèrent sa pensée.

Ils fixèrent son souvenir.

Un coup tiré... calibre sept millimètres et demi...

Cela ne correspondait-il pas avec le drame dont Nénette avait été la victime et dont, encore sous le jeu de l'hypnose, elle n'avait pu fournir que très imparfaitement les détails ?

Elle avait reçu une balle de revolver, et cette balle, extraite, était de ce calibre-là !

— D'où tenez-vous cette arme ? demanda brusquement Rintintin au marchand.

L'homme répondit :

— Elle venait de m'être vendue à l'instant même où vous vous arrêtiez ici.

— Par qui ?

— Un individu que je ne connais pas.

— C'est dommage ! fit le jeune homme, désappointé.

Le marchand avait relevé la tête.

— Tenez ! fit-il soudain, voilà l'homme qui m'a vendu le revolver... Il n'est pas allé bien loin, il compte encore son argent... C'est lui.

Célestin regarda dans la direction indiquée.

Un homme traversait la chaussée, lentement.

Il sembla vaguement au jeune homme avoir vu déjà cette tête-là quelque part.

Où ?

Il n'aurait su le préciser...

Peut-être aux abords du théâtre du passage Verdeau ?

Qu'importait, au reste !

Vite, il remit au marchand les vingt francs de l'achat, et, serrant son emplette dans sa poche, suivit à distance rapprochée l'homme au revolver.

*<br>* *

Le soir seulement, après de nombreux méandres et plusieurs stations dans les bistros, l'inconnu l'amenait rue du Lunain.

Cet homme demeurait là.

On le connaissait sous le nom d'Aurélien Richardier.

# EPILOGUE

Ce premier jalon suffit pour reconstituer toute la filière, et trouver les acteurs du drame.

Le lendemain matin, Richardier était cueilli délicatement, à sa sortie de chez lui, par un inspecteur de la Sûreté, que Célestin avait saisie de ses constatations, sans tarder.

On l'amena devant un policier éprouvé de la rue de Jérusalem.

Habilement cuisiné, Richardier ne tarda pas à entrer dans la voie des aveux.

Et comme on lui promit d'être indulgent si ses déclarations en valaient la peine, il s'écria :

— C'est bon ! Je suis fait ! Je vais me mettre à table !...

Le misérable « mangea si bien le morceau » que, peu d'heures après, le Bancal, Cordouan et Fosco venaient le rejoindre au Dépôt.

Les deux derniers membres du triste quatuor — Hakumboulba et son accessoiriste — furent assez difficiles à trouver. On les pinça par Fosco, qui était revenu au logement de l'avenue de la République prendre divers objets pour son patron qui l'attendait au coin de la rue de Malte.

L'affaire de tout ce joli monde ne traîna pas en longueur.

Tous les quatre furent condamnés à des peines
sévères et Cordouan-Hakumboulba repartit pour le
bagne, où il en a encore pour douze ans, si toutefois
il ne s'évade pas de nouveau.

Quant à Nénette et à Rintintin, pour savoir comment se termina leur idylle mouvementée, vous n'avez
qu'à aller vous promener place de la Bourse.

Là, pas loin de la rue Saint-Marc, vous verrez une
belle enseigne flamboyer en lettres d'or :

Ancienne maison Théodore LAVERSINE

**CÉLESTIN LAVERSINE**

*Gendre et successeur.*

**FIN**

J. FERENCZI, Éditeur,
48, rue de Lancry, PARIS (X°).